나는 너의 이상한 그림자

**제11회
이화글빛문학상
수상작**

나는 너의 이상한 그림자

김지연

글빛

고통이라고 해서 모두 성장의 계기가 되는 것은 아니다.

차례

1
그림자를 만들어주는 마법의 프로그램

"선배님! 시청률 떴어요!"

앳된 얼굴을 한 남자가 형광펜이 죽죽 그어져 얼룩덜룩한 종이 다발을 흔들어대며 파티션 사이를 쿵, 쿵, 쿵 전력질주한다. 그 바람에 다른 프로그램 파트의 회의 자료가 쿵쿵거리는 발자국 소리에 맞춰 풀썩거렸다. 그 프로그램의 작가는 애써 정리해놓은 자료가 바닥에 두어 장 떨어지자 한껏 눈을 치켜뜨고 남자를 째려본다. 가득 독기를 품고 째려보면서도 파티션 사이를 질주하는 타 프로그램 조연출의 다음 말에 귀가 가는 것은 어쩔 수 없다. 남의 불행이 나의 행복이고, 남의 행복은 나의 불행이라지만, 어찌됐든 알아야 직성이 풀리는 오지랖의 한국인들이니까.

옆 프로그램의 서류도 풀썩풀썩 날려버릴 만큼의 엄청난 속도로 질주하는 어린 조연출을 보며, 예능국의 동료 피디들은 생각한다. 그들의 근속 연수와 연봉과 자신의 프로그램과 시청률을. 삼류 개그맨과 방송국 소속 무명 아나운서 하나를 진행자로 쓰는 낡은 프로그램을 맡고 있는 피디는 그 순간 왠지 모르게 가슴 아주 깊은 곳에서 스멀스멀 묘한 자괴감이 샘솟지만, 탕비실에 있는 초콜릿 바를 하나 까먹으면 잊힐 만한 수준의 감정이라며 스스로 위로한다. 왜냐면 어쩔 수 없는 노릇이니까. 상대는 그 대단한, '섀도우 메이커'니까.

*

그림자 [그:림자]

[명사]

1. (사물의 경우) 물체가 빛을 가려서 그 물체의 뒷면에 드리워지는 검은 그늘.

2. (사람의 경우) ……

*

"넌 왜 이렇게 촐랑거리면서 다녀."

사무실의 맨 끝쪽의 자리에서 티벳 여우처럼 눈이 쪽 찢어진 무표정한 남자가 벌떡 일어나더니 말한다. 그는 조연출을 향해 크게 소리치면서도 아무도 표정을 읽을 수 없는 묘한 얼굴을 하고 있었다.

한겨울의 방송국 실내는 이십 도 안팎으로 매우 훈훈함에도 빨간색 패딩 점퍼를 꿋꿋이 고수하는 사람, 엄 피디다. 패딩 점퍼의 왼쪽 가슴에는 검은색 자수로 싸구려 브랜드의 로고가 새겨져 있다. 그 옷을 본 방송국 사람들은 혹시 피디님이 병을 주워 끼니를 연명할 만큼 찢어지게 가난한 것은 아닌지 한 번쯤 고민을 하곤 했다. 그러다가도 번듯한 직장에 다니는 그가 그 정도로 가난할 리 없다고 생각한 사람들은 오리털이 빠져 겉감이 쪼글쪼글해졌는데도 그 옷을 고수하는 것에는 뭔가 절절한 사연이 있을 거라고 추측하기 시작했다. 이를테면 돌아가신 어머니가 마지막으로 선물해준 옷이라던가, 어려운 가정 형편을 딛고 일어나 방송국 취직 후 월급을 받고 처음으로 산 옷이라던가 하는 그런, 두 명이 들으면 한 명은 눈물을 아니 흘릴 수 없는 그런 사연.

훗날 연말 뒷풀이 술자리에서 술김에 누군가 쭈뼛거리며 "혹시 그 옷에 뭔가 사연이라도 있는 것이냐"고 물었을 때, 내심 궁금했지만 직접 묻지는 못하고 있었던 방송국 사람들은 일제히 엄 피디를 향해 고개를 돌렸다. 주위 사람들의 시선을 한 몸에 받자 엄 피디는 '그런 질문을 왜 하는 것인지 도무지 짐작조차 할 수 없다'는 표정으로 별 이유 없이, 그냥 좋아서 입는 것이라고 건성으로 대답했다.

방송국에서 살아남으려면 정상적인 정신으로는 못 배긴다던데, 그는 구입한 물건에 대한 애착이 아주 강한 스타일인가 보다, 라고 그 말을 들은 동료 작가들은 생각했다.

하여튼 그, 엄 피디의 '한번 시작한 것에 대한 대단한 집착과 열망'은 지금 그의 프로그램 '섀도우 메이커'가 방송국의 대표 프로그램으로 자리하도록 만들었다. 매스컴은 '섀도우 메이커'가 현대 사회의 시류에 적절히 입각한 사회 고발 프로그램인 동시에, 고통에 스러진 청춘들에게 꿈과 희망을 다시 찾을 수 있게 해주는 가족 교양 프로그램이라며 입에 침이 마르도록 추천해대기에 바빴다.

일반 시청자들은 똑똑한 분들이 말씀하시는 시류니 혁명이니 하는 것들이 정확히 무엇인지 알 수 없었지만, 어쨌든

'섀도우 메이커'가 만들어내는 기적을 하나님의 간증 정도로 여기고 감동받았다. 제때 그림자를 만들어내지 못한 아이들에게 그림자를 만들어주는 주말 교양 프로그램을, 어떤 부모들은 아이에게 같이 보자고 일부러 강요까지 한다고, 일부 뉴스는 보도하기도 했다.

교육적인 목적에 의해 토요일 밤 여덟 시가 되면 꼼짝없이 텔레비전 앞에 엉덩이를 붙여야 하는 아이들은 '섀도우 메이커'에 나온 이십 대 중후반의 언니, 오빠들을 보며 어느 순간 몰입해 부모와 함께 혀를 찼다. 나이를 저렇게 먹을 때까지 어떻게 자기 자리 하나 마련하지 못했을까, 얼마나 미련하게 살았으면 아직 그림자가 없는 걸까, 하고. 그러면 부모는 아이의 머리를 쥐어박으며 "이번에 수학 백 점을 맞지 못하면 너도 저렇게 그림자 없는 사람이 된다"고 말하곤 했다. 그러면 스트레스가 머리 꼭대기까지 차오른 아이들은 '엄마는 말을 꼭 그렇게 해야 하냐'며 화를 내고 씩씩대며 자기 방으로 들어가 문을 잠갔지만, 한편으로는 마음속에 불안감이 엄습했다. '나도 커서 그림자가 없는 사람이 되면 어쩌지' 하고.

*

"최고 시청률…… 47.8%……?"

달려오던 어린 조연출의 손에서 나부끼던 종이 뭉치를 낚아챈 '섀도우 메이커'의 메인 작가는 어마어마한 숫자에 얼굴에 있는 모든 구멍이 벌렁거리기 시작했다.

지금은 최고 유명한 방송 작가가 된 그녀는 칠 년 차에 보조 작가 딱지를 떼자마자 엄 피디와 이 프로그램을 기획했다. 처음으로 총연출을 맡은 괴짜 피디와 드디어 메인 작가가 되었다는 기쁨에 취한 초짜 작가는 그때까지만 해도 이 프로그램이 이렇게까지 성장할 줄은 꿈에도 몰랐다. 뜬 시간을 땜빵할 파일럿으로 그저 어설프게 시작한 프로그램이 주말 교양 프로그램에 편성된 주제에 50%에 육박하는 시청률을 내다니.

프로그램의 초반에는 '메인 작가' 혹은 '김 작가'라는 호칭이 자랑스러웠으나, 사람들이 거는 기대가 커질수록 그 몇 글자는 감당할 수 없을 정도로 큰 족쇄가 되어 그녀를 옥죄어왔다. 어마어마한 숫자가 '이제 더 이상은 못하겠지?' 하며 잔뜩 힘주어 어깨를 꾸욱, 누르고 있는 것만 같았다. 이 숫자에 부응하기 위해서는 이전보다 더 자극적인 사연으로 그림자를 만들지 못하는 아이를 찾아야만 했다. 이전 출연자들보다 나이는 더 많고, 더 대책이 없으며, 빛을 받아도 뒤에 희미한 그림자조차 생기지 않는 아이를 찾아야 이 살벌한 방송국 한가운데에서 아무렇지 않게 한 주를 더 날 수 있을 터였다.

정말로, 김 작가는 더 자극적인 출연자를 섭외하는 것은 한계에 다다랐다고 생각했다. 시간이 지날수록 높아진 시청자의 입맛을 만족시킬 만한 출연자를 찾기가 더욱 힘들어졌기 때문이다. 삼 년 동안 거의 결방하는 일 없이 매주 프로그램을 만들어온 탓에, 그림자가 없는 아이들을 더 이상 구하기 어려워졌다. 심지어 오랜 시간 동안 프로그램이 성장하고 인기를 끌면서, '전국민 그림자 만들기 프로젝트'라는 바람이 불어 동네 문화센터며 백화점 교양 교실, 교묘히 우리 방송을 베껴 만든 타 방송국의 프로그램까지, 이곳저곳에 비슷한 프로그램들이 생기는 바람에 더욱 그림자가 없는 아이를 찾기 힘들어진 것이다. 종이에 쓰인 큰 숫자를 보며 김 작가는 한숨을 내쉬었다.

그런 의미에서, 사실 몇 시간 뒤에 있을 녹화에 그녀의 승부수가 걸려 있다고 해도 과언이 아니었다. 기존에 출연했던 출연자들과는 사뭇 다른 분위기의 출연자를 섭외한 것이다. 이번은 정말 '모 아니면 도'였다. 불안해하고 확신하지 못하는 엄 피디에게, '이번은 그림자 없는 사람에 대한 통념을 뒤집어엎는 방송이 될 수 있다'며 볼펜 잉크가 종이에 번지도록 힘을 꾹 주며 회의 때 말했지만, 사실은 김 작가 자신도 장담할 수는 없었다. 녹화 내내 분위기가 싸늘하면 어쩌지, 이야기가 재미없게 풀리면 어쩌지, 하는 조바심이 잔뜩 그녀를 괴롭혔다.

만약 반응이 좋지 않을 경우에 김 작가는 녹화가 끝나고 당장 엄 피디에게 달려가, '사실은 더 이상 그림자가 없는 아이를 구하기가 힘들다'고 고해성사를 할 작정이었다. 그녀는 현실에 치여 허덕이는 어린애들을 찾아내면서 겨우 입에 풀칠이나 하며 사는 주제에, 그래도 계속해보겠다고 엄 피디의 눈치를 보는 제 모습이 한심하게 느껴졌다.

이제 방송국에 입사한 지 겨우 반년이 좀 덜 되는 스물여덟 살의 어린 조연출은 시청률을 확인한 김 작가가 얼굴에 있는 모든 구멍이란 구멍을 인간으로서의 최대치로 키워내는 것을 보며, '놀라는 모습마저 특별하다'고 여겼다. 어린 조연출은 방송국의 거물 프로그램에 배정받은 일을 제 인생의 행운을 다 끌어다 한꺼번에 쓴 것으로 생각하면서, 엄 피디와 김 작가가 무난하게 한 주간의 녹화 일정을 소화할 수 있도록 최선을 다해 그들을 보필하고 있었다. 지금도 그 나름의 성의를 보이기 위해 시청률을 확인하자마자 엘리베이터 대신 계단으로 곧장 뛰어오던 길이었다.

"정말…… 제가 이런 프로그램에서……, 하……."

시청률이 적힌 종이다발을 김 작가에게 빼앗긴 어린 조연출은 제 이마에 흐른 땀을 닦으며 숨을 골랐다.

"엄 피디님이랑 김 작가님이랑 같이 일할 수 있다는 게 얼마나 행운인지 몰라요……헉헉……"

엄 피디는 헉헉대는 조연출을 보며 자신의 예전 모습을 떠올렸다. 나도 옛날엔 저렇게 열정이 넘치는 사내였는데.

"저 진짜, '섀도우 메이커' 같은 프로그램을 보면서 요즘 ……헥헥……더 그림자가 짙어지는 것 같아요. 이 나이가 됐는데도요."

어린 조연출은 자신의 뒤에 있는 그림자를 휙 보며 말했다.

"이 자리 주셔서 감사합니다. 진짜…… 존경합니다, 선배님……."

엄 피디도 조연출의 그림자 색이 요즘 좀 짙어졌다고 생각하던 참이었다. 엄 피디는 그를 보고 어린 시절 열정이 넘치던 예전 자신의 모습을 생각했다. 한참 회상에 젖어 있는데 어렴풋이 회사 유리창에 비친 자신의 얼굴은 여전히 아무런 감정이 없는, 마치 속세를 초탈한 듯한 표정이었다.

감성적인 기분과 영 딴판인 자신의 얼굴을 마주하자 머쓱해진 그는 명치께까지 열려 있던 빨간색 패딩 점퍼의 지퍼를 밑에서부터 훅 채우며 “그런 쓸데없는 말 할 시간이 있으면 빨리 가서 세트나 체크해, 새끼야. 세 시간 뒤에 녹화야. 알아, 몰라?”라고 말했다. 그 말과 동시에 조연출은 방긋 웃으며 “네!”라고 외치고 회의실을 뛰쳐나갔다.

김 작가는 시청률이 인쇄된 종이를 들고 있는 손을 벌벌 떨면서, 당장 오늘 촬영을 끝마치고 나면, 결과가 어찌됐든간에 엄 피디에게 술 한 잔 사면서 자신이 떵떵거리며 이야기했지만 사실 다 허세였고 당장 다음 주 출연자를 어찌해야 할지 모르겠다고 고백하기로 마음을 단단히 먹었다. 제발 주먹질까지는 가지 않았으면, 병원 신세만은 면했으면, 하면서.

*

“자기. 요즘 들어 대본 되게 성의 없어. 알고 있는 거야?”

손톱에 다홍색 매니큐어를 정성스럽게 바르던 여자가 막 분장실에 들어선 메인 작가를 향해 말한다. 굳이 고개를 들어 올려 김 작가와 눈을 맞추려는 노력은 하지 않는다. 지금 그녀에게는 손톱에 바르는 다홍색 매니큐어가 혹시라도 밀리는 일이 더 큰일이다.

"게스트만 화려하면 다야? 자기, 이러면 나 자기랑 일 같이 더 못 해. 알지?"

입술을 달싹거릴 때마다 어깨까지 내려오는 굵은 컬의 파마 머리가 구불거린다. 얼마나 드라이를 하고 스프레이를 뿌린 건지, 손을 대면 머리에서 바스락거리는 낙엽 소리가 날 것 같다. 곱게 화장을 하고 프릴이 달린 형광빛 주황색 원피스를 입은 그녀를 겉으로만 봐서는 감히 나이를 추측하기가 어려웠다. 꽤 나이가 있는 것 같은 눈빛과는 다르게 탱글탱글하고 주름 하나 없는 피부, 그리고 풍성한 머리의 숱과 윤기는 그녀를 삼십 대 후반 정도로 보이게 만들었다.

잔뜩 마른 체형이어서 그런지, 그녀가 십이 센티미터의 하이힐에 올라서 있으면 왠지 모르게 마음 깊은 곳에 아슬아슬한 느낌이 들었다. 하지만 이건 '마지막 자존심'이라나 뭐라나. 어떤 여자도 자기보다 키가 큰 것을 용납할 수 없다고 칠 센티미터 하이힐을 구해 온 분장실 직원에게 고래고래 소리 지르는 것을 우연히 목격한 김 작가는 그다음부터 그녀를 상대하기가 왠지 모르게 꺼려졌다.

"그래서, 오늘은 어떤 앤데? 대본에 정작 중요한 게 쏙 빠졌잖아."

손톱을 후후 불며 여자가 말했다. 김 작가는 살며시 여자의 곁으로 다가가 대본에 강조해서 말씀해주십사 하는 부분들에 체크하기 위해 빨간색 수성 사인펜의 뚜껑을 뽑아 펜의 뒤꽁무니에 꽂았다.

사실 오늘 녹화에서는 새로운 시도로 좀 다른 유형의 인물을 섭외한 탓에 김 작가는 여자에게 이렇게 해달라, 저렇게 해달라 요구하기가 힘들었다. 굳이 분장실까지 온 것도 최대한 그녀의 눈치를 살피기 위함이었다. 김 작가는 흘끗 여자의 얼굴을 보고, 그녀의 심기를 살핀 후에 조심스럽게 말했다.

"그쵸, 선생님. 요즘 저희가 정신이 없어가지구. 죄송해요."

김 작가는 여자의 대본에 빨간색 동그라미를 여러 개 그렸다.

"그래도 선생님이 워낙 말재주도 뛰어나시고, 임기응변에 강하시니까 너무 선생님만 믿었나봐요, 우리가. 죄송해요."

김 작가는 나름대로 오랜 시간 그녀와 함께 프로그램을 만들어오면서, 이미 여자의 마음을 어떻게 다스려야 할지

터득하고 있었다. 그녀를 원하는 방향대로 조정하기 위해서는 무조건 여자가 시키는 대로 하되, 달콤한 말로 그녀를 칭찬하며 살살 구슬러야 했다. 날카로운 촉과 뛰어난 통찰력을 가졌다면서도 그녀는 빤히 보이는 칭찬에 의외로 쉽게 넘어가곤 했다. 생각을 오래 하지 않아도 눈에 보이는 부분에 대해 예쁘다고만 하면 되는 일이었으니 품이 적게 들고 손쉬운 작업이었다. 당장 오늘 밤 벌일 피디와의 혈전에 비하면 이 정도는 새발의 피라고 그녀는 생각했다.

내내 뚱한 표정을 짓고 있던 여자가 작가의 말을 듣고는 득의양양한 얼굴로 입꼬리를 씰룩거리고 있었다. 작가는 속으로 쾌재를 불렀다. '넘어왔구나!'

"아니이이, 그래도 자기들 명색이 작가잖아아아. 내가 좀 독설을 잘하긴 해도오오, 자기네들이 미리 조사한 것은 알려줘야 나오는 거라고오오."

말꼬리가 길어진다. '웬 애교?'라고 김 작가는 생각하며 속으로 콧방귀를 뀌었다.

"제가 그으음방! 정리해서 숏 들어가기 두 시간 전에는 올릴게요. 그런데 선생님, 오늘 의상 너무 예쁘다. 얼굴이 완전 화사해 보이는데요? 색이 너무 잘 받네."

김 작가는 이쯤에서 여자를 손바닥 위에 완전히 올려놓

아야겠다고 생각했다. 여자의 눈이 반짝거리기 시작한 것을 확인하고 마지막 한 방을 날린다.

"하긴, 선생님은 워낙 무슨 색이든 잘 받으시니까, 호호호."

여자는 김 작가의 말을 듣고 만족했다는 듯 얼굴이 붉어졌다. 그리고 여자는 김 작가에게 '친히' 눈을 맞추며, 오늘도 본인은 창조적인 독설을 해야 하니, 얼른 조사한 것 보내 달라고 부드러운 목소리로 가볍게 말했다. 김 작가는 친절하게 여자를 향해 웃어 보이고는 빨간색 동그라미를 친 대본을 곁에 두고 분장실 문을 나섰다. 그리고 다시 얼굴만 빠끔히 내밀고 말했다.

"오늘도 커피하시죠? 카페모카 무지방 우유로 바꾸고, 투 샷 추가에, 초코 드리즐 한 번 추가한 커피로 금방 준비해드릴게요."

"역시, 자기."

여자는 왠지 모를 흐뭇함에 어깨를 으쓱거렸다.

*

"'섀도우 메이커' 슛 들어가기 오 분 전입니다. 전 출연진과 스태프는 스탠바이 해주세요."

짧은 한 마디가 무전기를 통해 온 스태프에게 퍼졌다. 패널로 섭외된 연예인들은 마지막으로 마이크를 점검했다. 작가들은 혹시 대본에 빠진 것이 없는지, 소품은 제대로 준비되어 있는지 확인하느라 바빴으며, 다른 스태프들은 세트장의 상태를 마지막으로 확인했다.

형광빛이 도는 주황색 프릴 원피스를 입고서, 진행자의 맞은편인 자신의 지정석에 도도하게 앉아 있는 그림자 자문 전문가 '구임자'는 조명을 받아 더 반짝반짝 빛나는 자신의 다홍색 손톱을 보고 흐뭇한 표정을 짓고 있었다. 방청객으로 온 사람들은 이따금 구임자를 보고 '실물이 훨씬 예쁘다'며 수군거렸고, 그 소리를 못 들었을 리 없는 그녀는 그때마다 방청객석으로 고개를 살짝 돌려 미소를 지었다. 일종의 팬서비스로.

그때, 이번 '섀도우 메이커'의 주인공 무영은 안전하게 세트의 뒤편에서 대기하고 있었다. 그녀는 어깨를 잔뜩 움츠리고, 어둠 속에서 지나가며 바쁘게 일하는 스태프들만 멀뚱히 바라보고 있었다. 잔뜩 몸을 움츠리고 턱을 바짝 당기자 자연스럽게 시선이 약간 위를 향했는데, 그 눈빛이 마치 거실 한복판에 오줌을 지려놓고 주인을 바라보는 강아지 같았다. 바쁜 스태프들의 움직임을 쫓느라 무영의 눈동자가 빠르게 움직였다.

뒤편에서 바라본 세트는 밝고 빛났다. 무영은 조명에서 나오는 강렬한 빛이 왠지 부담스러웠다. 딱히 별생각을 하지 않아도 본능적으로 피하고 싶은 빛이다. 무영은 슬쩍 보이는 바깥쪽의 세트를 볼 때마다 심장이 내려앉는 기분이었다. 무영은 더 움츠러들었다.

승부수를 던진 셈치고 섭외한 출연자를 확인하기 위해 무대 뒤로 다가온 '섀도우 메이커'의 김 작가는 공포에 질린 눈빛으로 세트를 구경하고 있는 주인공의 어깨를 가볍게 두드렸다. 그녀는 지금 무영만큼이나 긴장하고 있었다. 오늘의 녹화로 앞으로 방송국에서의 자신의 입지가 달라지리라. 화장실에서 '대단하다'고 칭송을 듣거나, 아니면 '한물갔다'고 대놓고 욕을 들어먹거나. 김 작가는 스스로도 잔뜩 긴장하고 있으면서도, 겉으로는 하나도 표 내지 않고 능숙하게 무영과 눈을 맞추며 말했다.

"긴장돼요?"

주인공은 잔뜩 겁을 먹은 표정으로 조심스럽게 끄덕거렸다. 무영은 친근함의 표시로 어깨에 닿은 김 작가의 손이 굉장히 불편했지만 그걸 겉으로 표현하거나 팔을 치워달라고 말할 만한 성격은 못 되었다. 그래서 무영은 불편함을 일부러 참고 있었다. 조금만 버티면 이제 손을 떼주겠지, 생각하면서.

"괜찮아요, 무영 씨. 우리 그동안 이 프로그램을 삼 년간 했고, 그림자 없는 분들도 그만큼 많이 만나봤어요. 무영 씨도 녹화 네 시간 정도만 참으면 멋진 그림자를 갖게 될 테니까, 긴장되더라도 좀만 참고, 우리 같이 잘 해봐요. 알겠죠?"

"……아, 네."

잔뜩 긴장한 무영의 대답이 몇 초 느렸다.

김 작가는 무영이 어떤 대답을, 어떤 행동을 할지 이미 다 알고 있는 것만 같았다. 아마도 일주일에 한 번, 그것도 삼 년씩이나 무영과 같은 사람들을 만나왔을 것이다. 무영은 문득, 자신도 결국 텔레비전에 줄기차게 비치던, 그 많은 '그림자가 없는' 사람들 중에 하나라는 사실이 왠지 슬퍼졌다. 이 거대한 세트장에서 앞으로 무슨 일이 일어날지 모르는 것은 자기 혼자라는 생각이 들자 무영은 세트장 밖에서도 그랬던 것처럼 쓸쓸해졌다.

간단한 오프닝 멘트가 끝나고 앞에 있는 큰 문이 열리면 무영에게 스포트라이트가 쏟아질 거라고, 김 작가는 귀띔했다. 억지로 웃을 필요는 없다고, 그리고 구임자 선생님이 막무가내로 독설을 내뿜어도 다 잘되라고 하는 소리니까 너무 맘에 담아두지는 말라고. 이름이 괜히 구임자겠냐고, 지난 설날 특집으로 나왔던 출연자는 구임자 선생님의 독설을 이기지 못하고 갑자기 울면서 촬영장을 무단이탈했는데, 그 때문에 막내 작가가 자신에게 귀가 따갑도록 한참 잔소리를 들어야 했다고, 혼자 으헝헝 웃으며 무영의 팔을 잡고 흔들었다. 그러다가 김 작가는 그런 자신을 보고 간신히 얼굴 근육을 들썩거리는 무영의 표정을 감지하고는, 큼큼 헛기침을 두어 번 하고 다시 꼿꼿한 자세를 잡았다.

사실 무영은 작가가 전해주는 주의 사항이 하나도 머릿속에 들어오지 않았다. 이 문이 열리면 패널들은 물론 스태프도, 방청객도 모두 자기만 바라볼 거라는 생각에 가슴이 조여드는 기분이었다. 손은 차가워서 벌벌 떨리는데, 얼굴은 뜨거웠다. 몸의 부위마다 온도가 다른 것이 고장의 원인인지는 모르겠지만, 어쨌든 뇌가 제대로 움직이지 않고 삐걱거리는 탓에 머릿속이 새하얘져서는 아무런 생각이 들지 않았다.

"무영 씨?"

김 작가가 초점이 없어진 무영의 눈을 눈치 채고 무영을 불렀다.

"아, 네?"

허공을 쫓던 무영의 눈동자가 한데 모아지며 놀란 표정으로 김 작가를 쳐다봤다.

"하, 아니에요. 잘해요. 잘할 수 있어요. 파이팅."

김 작가는 무영에게 찜찜하게 웃어 보인 뒤 금세 자리를 떠나버렸다. 무영은 작가의 웃음을 그림자가 없는 자신을 향한 비웃음이라고 느꼈다. '딱 봐도 삼십 대 초반으로밖엔 안 보이는데, 그러는 자기도 그림자가 생긴 지 얼마 되지도 않아 보이는구만.' 하고 무영은 속으로만 생각했다.

*

스탠바이, 녹화 일 분 전.

스태프와 출연진, 패널과 방청객들은 모두 자신의 자리를 차지하고 앉아 있었다. 무영만 자신의 자리를 찾으면 프로그램은 시작되는 거였다. 내 자리는 어디일까. 무대로 나가서 빛을 쬐기만 하면 되는 걸까.

스탠바이, 녹화 삼십 초 전.

이제, 진짜 저 문이 열린다.

*

'하이, 큐!' 엄 피디가 손짓을 하자 방청객들이 박수를 치기 시작했고, 흥행 보증 수표로 유명한 일명 국민 진행자가 활기차게 뛰어나온다.

"당신의 그림자를 찾아 드립니다! 꿈이 없는 젊은이들을 위한 초특급 갱생 프로젝트, '섀도우 메이커'! 오늘도 여러분께 제대로 빛을 보여드리겠습니다!"

방청객은 박수를 치고 환호성을 지르느라 곧 자지러질 판이다.

"오늘은 특별한 분들을 게스트로 초대했습니다. 데뷔하자마자 '생방송 인기노래'에 삼 주 연속 일 위를 휩쓸어서 괴물 신인이라고도 불리죠? 요즘 정말 대세인 신인 아이돌 그룹, '다크 섀도우' 모셨습니다. 안녕하세요!"

방청객들은 '다크 섀도우'의 멤버들이 일어나 고개를 숙일 때마다 또 한 번 고함을 지르기 시작했다. 그것은 철저히 앞에 있는 막내 조연출의 손짓에 달려 있는 일이었다. 방청객들은 녹화가 끝나고 받을 일당을 생각하며, 최선을 다해, 손바닥에서 닭똥 냄새가 나도록 박수를 쳤다.

"그리고 '섀도우 메이커'의 일등 공신이죠? 그림자 전문

미녀 독설가, 구임자 선생님 모셨습니다. 어서 오세요!"

진행자의 말에 맞춰 구임자는 최대한 우아하게 카메라를 향해 인사를 했다. 평소 그녀는 백조와 같은 사람이 되고 싶어 했다. 활짝 웃되, 경박해 보이지는 않으려고 사실은 아까 자신의 전담 스타일리스트들을 전부 불러내 분장실에서 연습도 했다. 발이 아플까 봐 칠 센티미터 하이힐을 구해줬다가 욕만 먹은 불쌍한 코디는 모니터에 비친 구임자의 미소를 보며 콧방귀를 뀌었다.

"오늘은 말이죠, 신인 아이돌 그룹 '다크 섀도우'팀이 저희 프로그램을 찾아주셔서 세트장이 다 환해진 기분이에요. 그렇지만 아직 다크 섀도우를 모르는 분들도 계실 테니까, 카메라 보시고 자기소개 좀 해주시죠!"

진행자의 말이 끝나기가 무섭게 다크 섀도우의 멤버들이 한 명씩 카메라와 눈을 맞추고 기계처럼 자기소개를 했다. 하나같이 눈에 검댕을 칠하고 빨간색, 노란색으로 머리를 알록달록 물들인 다크 섀도우팀 여섯 명은 모두가 큰 키에 호리호리한 몸을 가지고 있었다. 그들은 모두 그룹 내에서 무엇인가를 '담당'하며 제 역할을 톡톡히 해내는 중이었다. 맨날 구임자와 진행자의 비위를 맞춰주느라 지쳐 있던 스태프들은 오랜만에 예쁘장한 소년들이 생글생글 웃는 걸

보고 있으니 마치 세트에 때 아닌 봄바람이 부는 것 같다고 느꼈다.

일당 삼만 원을 벌기 위해 세트장 한편에 옹기종기 쪼그려 앉아 있던 방청객들은 잘생긴 얼굴들을 보며 오늘은 좋은 거 보고 돈도 벌겠다며, 운이 좋은 날이라고 생각했다. 방청객들은 그들이 눈웃음을 지으면, '저건 분명 나를 보고 웃은 거'라고 수줍고 설레어하며 더 크게 반응했다. 다크 섀도우 멤버들은 그 한 방의 결정적인 눈웃음을 위해 연습실에 있는 커다란 거울 앞에 쪼르르 모여 앉아, 사장님의 잔소리를 들으며 매일 웃는 연습을 했다.

"다크 섀도우는 저희 프로그램이랑 깊은 인연이 있다고 들었어요."

모두가 둥그렇게 모여 앉아 있는 세트장 안에서, 진행자는 일부러 고개를 다크 섀도우의 리더에게 돌려 말을 걸었다. 팀의 리더인 하얀 머리 소년은 '어떤 질문을 던져줘도 대답할 준비가 되어 있다'는 표정을 짓고, 자신만만하게 준비해온 답을 읊기 시작했다.

"아, 이거 정말 최초로 공개하는 건데요, 저희 팀은 모두 섀도우 메이커의 큰 팬이어서 바쁘게 스케줄을 소화하는 중에도 시간 맞춰 챙겨 보고 있어요. 왜냐면 사실 저희 다크 섀도우는 모두 얼마 전까지 그림자가 없었기 때문이죠."

모니터를 통해 출연자들을 보던 피디는 흥미롭다는 표정을 지으며 수군거리는 방청객의 모습들을 화면에 담았다. 진행자는 그게 무슨 말이냐, 한류를 이끄는 신인 아이돌 그룹이 그림자가 없었다는 게 말이 되냐고 물었다. 정말로 궁금하다는 표정이었다.

"네, 정말로 없었습니다. 일이 년 전에는 저희 모두 그냥 사회에 적응하지 못하는 루저에 불과했어요. 그러니까 제대로 그림자도 못 만들고 살고 있었던 거죠."

"그때는 그림자고 뭐고 거의 자포자기한 심정이었던 것 같아요."

"네, 그런 시절이 정말로 있었어요. 그 시기에도 저희 나름대로 일도 하고 살았는데, 지금 생각해보면 빨리 포기하는 것이 나은 일들이었죠."

옆에 있는 멤버들이 입에 미소를 띤 채 고개를 천천히 끄덕이며, 리더의 말에 살을 붙였다.

"그런데 어느 날, '섀도우 메이커'라는 프로그램을 우연히 보게 됐고 그때부터 그림자가 생기기 시작했어요. 아마도 이렇게 생각 없이 살면 안 되겠다, 뭐 그런 깨달음이 있었기 때문인 것 같아요. 그다음에 진짜 내가 할 수 있는 일이

뭘까 생각하게 됐고, 가수의 꿈을 키우게 된 거죠. 그런데 나중에 들어보니까 멤버들도 모두 저와 비슷하게 가수의 꿈을 키우기 시작했더라고요."

"네, 맞아요. 저희 여섯 명 모두 '섀도우 메이커'라는 프로그램을 보고 가수라는 꿈을 키우기 시작했어요. 그때는 저희 모두 떨어져 있었고, 심지어 서로 모르는 사이였는데도, 우연히 각성하게 된 계기가 같았던 거죠. 그래서 저희가 모이게 된 프로그램의 이름도 따고 싶었고, 세상에서 가장 멋있는 그림자를 가진 가수가 되자는 포부를 담아 팀명을 이렇게 짓게 되었습니다."

"아, 그렇군요."

진행자는 그들이 돌아가며 하는 말에 진심으로 감명받았다는 표정으로 반응을 보였다.

"루저, 외톨이였던 저희가 어둠 속에서 나와서, 형제 같은 이 친구들을 만나게 된 건 다 '섀도우 메이커' 덕이라고 봐야죠. 정말 감사해요."

한 멤버가 나서서 양쪽에 있는 멤버의 손을 잡으며 말했다. 힘들었던 옛날이 생각난 것인지, 손을 잡은 멤버 중 한 명은 큰 눈에 눈물을 그렁그렁 담고 있었다. 그 큰 눈이 클로즈업되어 화면에 비치자 방청석에서는 조연출의 별다른 손짓이 없었는데도 감탄사가 튀어나왔다. 격한 반응이다. 손짓을 하며 억지로 방청객들의 호응을 유도하던 스태프는 순간 자신의 자리를 잃을 수도 있겠다는 불안감이 훅 들었다.

"아니, 그런데 그림자가 없는 사람들을 '루저, 외톨이'라고 부르면 뒤에 계신 오늘의 주인공 기분이 좋지 않겠어요. 우리 주인공도 그림자가 없는 생활을 바꾸기 위해 용기 내신 분일 텐데요."

진행자가 걱정된 표정으로 다크 섀도우를 쳐다보며 말했다. 이제 막 이십 대 초반에 접어든, 하나는 알고 둘은 몰랐던 멤버들은 순간 아차, 싶은 표정을 지었다. 어떻게 말해야 언론과 대중의 미움을 받지 않을 수 있을까 머리를 굴리는 소리가 사방에 요동치는 듯했다.

"아니죠, 저 친구들의 말이 맞아요."

그때 도도하게 다리를 꼬고 앉아 프로그램이 시작된 후에도 내내 침묵을 지키고 분위기를 지켜보고만 있던 구임자가 입을 뗐다.

"그림자가 없으면 사실 루저, 외톨이인 게 맞잖아요? 사실이 그렇죠. 십 대라 어리다면 이해해요. 아직 애들이니까, 너무 어려서 충분한 경험이 없을지도 모르니까요. 그런데 이 프로그램에 나오는 사람들은 하나같이 이십 대 중반을 넘어선 사람들이잖아요. 나이가 그렇게 됐는데도 희미한 그림자 하나 없는 사람들은 사회에 나올 진지한 고민조차 하지 않은 걸로 봐야죠. 게으름뱅이들인 거예요."

구임자가 어깨를 쭉 내려뜨리며, '안 봐도 뻔하다'는 투로 말했다. 꼬았던 다리를 풀고 상체를 앞으로 당겨 턱을 괴면서, 계속 말을 이었다.

"사실 우리 같은 프로그램이 있어서 그림자가 없는 사람들이 그나마 좀 부끄러움도 느끼고 경각심도 갖기 시작한 거지, 아마 이 프로그램이 없었다면 그 사람들은 그냥 그렇게 살았을 걸요? 아직도 허황된 꿈속에서 살면서 결국 아무것도 안 하는, 그림자도 없는 그런 인간들은 정말 한심하기 그지없어요. 초등학교부터 다시 다녀야 해, 정말."

무대의 맞은편에서 출연자들과 마주 본 자세로 앉아 있던 메인 작가는 구임자와 눈을 마주치고 엄지를 들어 보였다. 작가의 칭찬에 구임자는 왠지 모르게 등이 꼿꼿해짐을 느꼈다. 뭔가 더 자극적인 말을 하고 싶어졌다.

"아마도 우리 구임자 선생님께서는 좋은 시간을 그냥 허비해버리는 그림자가 없는 분들이 걱정이 되어서 하시는 말씀이겠죠?"

한번 발동이 걸리면 주체를 못하고 독설을 쏟아내는 평소 구임자의 행실을 알고 있는 진행자는 아주 가까이에 있는 사람만 알아차릴 정도로 입가에 약간의 경련을 띄고 웃으며 그녀의 멘트를 정리하려 했다. 구임자 저 여자는 정도라는 걸 모르고 한번 '삘'을 받으면 앞뒤 할 것 없이 쏟아내며 아슬아슬하게 구는 탓에 정리가 제대로 안 되어 곤란했던 적이 한두 번이 아니었다.

"맞아요."

그때 또 구임자가 끼어들었다. 진행자의 미간이 가늘게 파르르 떨리기 시작했다. 정리하려던 자신의 시도가 실패로 돌아가는 순간이다. 진행자는 절로 눈썹이 찡그려졌다.

"정확하세요. 여러분, 제 그림자 좀 보세요. 얼마나 선명하고 예뻐요? 제가 지금 이렇게 까맣고 예쁜 그림자를 가지고 있지만 이게 그냥 자연스럽게 생긴 것이 아니에요. 열아홉 살 때 대학 입시를 폭삭 망쳐가지고서는 아빠한테 엄청 혼나면서 강제로 미국으로 보내졌는데, 그때 얼마나 힘들고 외롭던지……."

이때 김 작가가 콧구멍을 넓히며 황급히 손으로 엑스 자를 그려 보인다. '그건 안 돼요! 그건 안 돼!'라며 다급한 입 모양을 하자 구임자가 금방 눈치를 채고 큼큼거렸다.

"여튼 제 말은요, 그림자를 찾기 위해서는 충분히 아픈 과정이 필요하다는 거죠. 그림자는 그냥 얻어지는 것이 아니에요. 많이 도전하고 부딪치고 아프고 쓰리기도 해봐야죠. 저도 충분히 아픈 시절을 겪었기 때문에 이렇게 그림자가 생긴 거구요. 그래서 그림자가 없는 사람들은 용기가 없다고 하는 거예요. 상처 받기가 두려워서 과거로부터 단 한 발자국도 나아갈 수 없었다는 이야기니까요."

구임자가 팔짱을 끼고 새침하게 말한다. 김 작가는 엄 피디를 향해 돌아보며 양손으로 가위 표시를 했다. 편집해달라는 이야기다. 저런 이야기까지는 대본에 없었는데. 아휴, 저 사고뭉치. 입시에 실패해 도피 유학을 간 것이 인생 최대의 고난인 구임자의 이야기가 방송을 통해 퍼지면, '충분히 아파야 그림자가 생긴다'는, 한때 인터넷을 흔들며 '섀도우 메이커'라는 프로그램을 삼 주 연속 인기 검색어에 올려놓은 희대의 명언은 다른 이들의 공감을 받기 어려울 것이 분명했다. 어떻게 만들어놓은 프로그램인데, 저 온실 속 화초 하나 때문에 망쳐놓을 수는 없는 일이다.

'그래, 사람의 고난은 상대적인 거지'라고 생각하려다가도, 서울권 사년제 대학의 국어국문학과를 졸업하고서도 생계를 위해 방송국 막내 작가 노릇을 하며 더러운 꼴을 여럿

봐야 했던 김 작가는 왠지 구임자의 말에 눈을 흘겨 뜨게 되었다. 그리고 아무도 모르게 작게 한숨을 쉬었다.

'그래, 너 같은 공주님이 뭘 알겠니. 기껏해야 얼굴에 뭐 바르고 자기 분야에서 좀 있어 보이는 말을 할 줄이나 알지.'

졸업을 하고 신춘문예에 당선되어 누구보다 멋지게 등단하고 싶었던 김 작가의 꿈은 어느새 그녀의 그림자가 되어 어둡게 비틀리고 있었다.

*

그림자 [그:림자]

[명사]

1. (사물의 경우) 물체가 빛을 가려서 그 물체의 뒷면에 드리워지는 검은 그늘.
2. (사람의 경우) 과거의 자신의 경험이나 성과가 시간에 의해 퇴적되어 나타나는 검은 그늘.
3. 사람의 자취.

[유의어] 상[23], 조영[4], 불행

*

“네, 여러분도 아시다시피 그림자의 사전적 정의는 ‘과거의 자신이 했던 경험이나 성과가 시간이 흐르고 점점 쌓여 나타나는 검은 그늘’이라고 되어 있습니다. 즉, 그동안의 삶을 열심히 살고 여러 가지 경험을 한다면 더 짙고 아름다운 그림자를 가질 수 있다는 것이지요.”

편집점을 위해 이 초간 멘트를 멈췄던 진행자가 웃는 표정으로 오프닝의 마무리 멘트를 했다.

“하지만 정말 안타깝게도 말이죠, 아직 그림자가 없으신 분들도 우리 사회 한편엔 존재합니다. 그림자가 생겨야 할 나이가 훨씬 지났는데도 말이죠. 그래서 저희 ‘섀도우 메이커’는요, 이렇게 그림자가 없는 삶에 대해 고민하시는 분들, 그리고 더 나은 그림자를 만들고 싶으신 분들에게 훨씬 멋진 그림자를 선물해드리고 있습니다. 그렇다면 오늘, 새로운 그림자를 얻어가실 행운의 주인공은 어떤 분일까요? 허무영 양을 함께 만나보시죠!”

경쾌한 음악 소리.

그리고 무영이 서 있던 세트가 열리기 시작했다. 무영이 있었던 어두운 곳까지 조명 빛이 가닿았다. 밝은 빛이 갑자기 들이닥치는 바람에 바닥으로 내려앉는 먼지의 그림자마저 보였다. 그리고 그 빛은 곧 무영의 작은 몸을 비추었다. 무영은 눈이 부셨다. 한참을 어둠 속에서 대기했기 때문인지, 한꺼번에 밀려드는 밝은 빛에 무영은 아무것도 볼 수 없었다. 눈앞은 온통 환한 빛인데, 무영의 시야는 오히려 깜깜했다.

무영은 작가가 미리 말해준 대로, 크게 심호흡을 한 뒤 앞으로 나갔다. 그래, 혹시나 이번 기회에 나를 이해해줄 사람이 있을지도 몰라. 조심스럽게 한 발을 빛을 향해 앞으로 내딛었다. 그래. 나를 인정해줄 사람이 있을지 몰라. 그리고 다음 발을 앞에 두고, 다시 다른 쪽 발을 앞으로 끌어당겼다.

빛은 이제 완전히 무영을 감싼 모양이 되었다. 귓가에 방청객들이 박수를 치는 소리가 들렸지만 무영은 멍한 기분이었다. 너무 오랜만에 만나는 밝은 빛이었다. 대학에 들어와 또래들 가운데 자신만 그림자가 없는 것을 발견한 뒤 줄곧 그늘만 찾아다녔던 무영은 몇 년 만에 떳떳이 마주한 빛이 낯설었다.

빛은 적나라했다. 너무 밝은 조명 빛에, 무영이 속으로 삼 초를 세었는데도 아직 눈앞은 캄캄했다. 무영은 왠지 기분이 좋지 않았다. 어둠 속에서 사람들은 빛 속에 있는 무영의 그림자를 찾으며 수군거리기 시작했다. “어머, 저것 좀 봐”, “역대급이다, 진짜 아무것도 없어”와 같은 소리가 어느새 무영의 귀에까지 들렸다. 무영은 아무것도 볼 수 없었고, 사람들은 무영을 볼 수 있었다. 그것은 일방적이었다. 창피함에 발을 내딛는 속도가 저절로 더뎌졌다.

점점 눈이 빛에 익숙해질 때 즈음, 무영의 눈에 자신을 한심하다는 표정으로 쳐다보고 있는 구임자가 보였다. 그리고 그 옆에는 큰 눈망울에 안타까움을 가득 담은 잘생긴 남자 여섯이 있었고, 또 그 옆에는 무영이 어렸을 때 텔레비전에서 자주 보았던 국민 진행자가 있었다. 무영은 가볍게 무대를 한 바퀴 훑었다. 그래, 그리 서보고 싶었던 무대가 아닌가. 긴장하지 말자, 긴장하지 말자. 무영은 심호흡을 크게 하고, 주먹을 꽉 쥐고, 자신을 위해 마련된 무대 한가운데의 의자를 향해 조심스럽게 걸었다.

2

무영無影의 이유

“네! 오늘의 주인공 허무영 양, 나와주셨습니다. 안녕하세요, 자기소개 좀 해주세요.”

무영은 의자에 앉아 습관처럼 자연스럽게 눈을 아래로 내리깔고 있다가, 진행자의 말에 쭈뼛쭈뼛 고개를 들었다. 그러다가 앞에 앉아 있는 메인 작가와 눈이 마주쳤다. 작가는 편안하게 말하라는 문구를 스케치북에 적고는 스케치북에 있는 대로만 하면 된다는 신호를 보냈다.

작가와 눈을 마주치다가 삐끗하여 방청석에 있는 사람들과 눈이 마주친 순간, 무영은 등골이 오싹한 기분이 들었다. 모두의 눈빛에는 이상한 비늘 같은 것이 돋아나, 무영의 온몸을 쿡쿡 찌르는 것만 같았다. 무영은 앞에 있는 수많은 눈동자들을 무시하기로 마음먹었다. 말을 하려면 그럴 수밖에 없었다.

촬영을 하기로 결정했을 때, 무영은 엄마와 약속한 것이 있었다. 녹화 중에 있는 그대로를 말하고, 들리는 그대로를 받아들이겠다고. 무영은, 어쩌면 사람들에게 있는 그대로의 나를 이해받는 기회가 될지도 모르는 일이라고 생각했기 때문에 고개를 끄덕거렸다. 무영 자신도 그동안 많은 노력을 해왔음을, 그리고 그림자가 없는 것은 어쩔 수 없는 일이라는 것을 이 사람들이 알아줄지도 모른다고 생각했다.

"아…… 안녕하세요, 스물다섯 살 허무영이라고 합니다."

무영이 무거운 표정으로 입술을 움직여 말을 하기 시작했다. 방청객들은 무영의 인사가 끝나자, 눈을 동그랗게 뜨고선 옆에 앉은 누군가와 무영을 곁눈질하며 귓속말을 했다. "어머, 목소리는 괜찮네?", "목소리 또랑또랑한 것 좀 봐. 뭐가 자랑이라고", "쯧쯧, 말은 잘하는 것 같구만, 어쩌다 저리 됐대?" 속닥거리는 비밀스런 말소리들이 세트장의 좁은 공간을 오갔다.

사실 '그림자가 없는 사람'이라고 하면, 사람들 머릿속에 정형화된 이미지가 있었다. 그야말로 '내일이 없는 것처럼,

시간이 흘러가는 대로 사는 사람.'

하루 종일 집에 박혀 있느라 햇빛을 보지 못해 허여멀건 얼굴을 하고 있거나, 아니면 그림자가 없는 또 다른 친구들과 어울리기 위해 내내 바깥을 전전하느라 새까맣게 탔거나. 살이 있는 대로 쪄서 하얀 뱃살이 바지를 비집고 나오고 얼굴에는 피지와 개기름이 넘치거나, 아니면 오색찬란한 색깔로 머리를 염색하고 코와 입술에 피어싱을 하고 아이라인을 관자놀이에 곧 닿을 것만 같은 기세로 길게 빼서 그린다거나. 그런 극단적인 이미지였다.

사람들이 유독 수군대기 시작한 것은, 생각보다 멀끔한 무영의 차림새와 목소리 때문이었다. 무영은 사람들이 생각한 '그림자가 없는 사람의 이미지'를 한참 벗어난 타입의 사람이었다. 오히려 말끔하고 깔끔하게 생긴 것이, 조금 보태어 말하자면 조금은 예쁜 구석이 있는 사람이었다. 어눌한 발음을 구사하거나 자신감이 없는 개미만 한 목소리도 아니었고, 오히려 또박또박 똑 부러지는 발음에 분명한 목소리를 낼 줄 아는 사람이었다.

방청객의 수군거림은 조금씩 커지고 있었다. 그런 사람이 그림자가 없다는 데서 적잖이, 사람들은 충격을 받은 모양이었다. 방청객들의 호응을 조절하던 스태프는 당황한 표정으로 다급하게 조용히 하라는 사인을 보냈다.

무영이 등장하면서부터 방청객들의 반응을 살금살금 살펴본 김 작가는 '오, 생각보다 반응이 괜찮은데?' 하고 생각하며 얼굴에 홍조를 띠기 시작했다. 그동안은 아무 미래가 없는 것처럼 집에만 처박혀 방에서 모든 것을 해결하는 사람을 수소문해서 찾아내거나, 아니면 일부러 새벽 두 시쯤 홍대와 이태원 같은 번화가로 찾아가 내일이 없는 것처럼 놀고 있는 사람들을 찾아 섭외하곤 했다.

그런데 이번에는 완전히 달랐다. 완전히 노는 데만 집중한 것도 아니고, 완전히 사회와 격리된 것도 아닌, 그 중간의 사람. 그리고 놀랍게도, '그럼에도 불구하고' 아무것도 성취한 것 없어 그림자가 없는 사람. 김 작가는 새로운 유형의 출연자를 보고 동요하는 방청객들의 반응을 보고, 무영을 시작으로 앞으로는 섭외를 위해서 일부러 대학교에 찾아가 뙤약볕에 앉아 있어 봐야겠다고 마음먹었다.

사람들의 수군거림이 조금 잦아들었을 때, 진행자는 무영 쪽으로 상체를 조금 굽히고 말을 잇기 시작했다.

"네, 무영 양. 전혀 이 세트장과는 어울리지 않는 주인공이신데요, 오늘 어떤 일로 우리 '섀도우 메이커'를 찾아주셨나요?"

"아, 네."

무영이 마이크를 입 아래로 반듯이 가져다 댔다. 그리고 작가에게 미리 주의 사항을 들은 대로, 빠르지도 않고 느리지도 않게, 자연스럽지만 또박또박 말했다.

"여러분도 보시다시피 저는 그림자가 없습니다. 저도 제가 그림자가 없는 사람으로 클 줄은 몰랐는데, 커보니 스물다섯 살 생일이 지나도록 다들 있는 그림자가 저에게는 생기지 않더라고요. 그동안은 제가 더 노력을 하면 되겠지, 뭔가 이루면 되겠지 생각을 했는데, 이제 좀 한계인 것 같다고 느껴져서요. 네, 그래서 좀 도움을 받을 수 없을까 해서 여기 찾아오게 되었습니다."

무영은 차분히 이야기를 마치고 마이크를 무릎 위에 내려놓았다. 무릎 위에 올려놓은 마이크 위로 두 손을 가볍게 포갰다. 그림자가 없다는 이유로 스스로 기가 죽었던 무영은 일부러 허리를 꼿꼿이 세우고 카메라를 향해 약간의 미소를 지어 보이기까지 했다.

무영은 최대한 여유 있는 사람처럼 보이고 싶었다. 잘됐는지 어쨌는지 알 수는 없지만. 왠지 왼쪽 볼에 경련이 이는 듯한 느낌이 들었다. 웃는 연습을 더 했어야 했나. 마이크 위로 다소곳이 포갠 손이 덜덜 떨리는 것을 감추려고 손끝을 살살 비볐다.

"네, 무영 양? 굉장히 담담하고 자신감 있어 보이시는데요, 왠지 오늘은 그림자를 금방 찾으실 수 있을 것 같다는 생각이 드네요."

진행자가 여유 있게 웃으며 말했다.

"오늘은 제 독설이 많이 필요하지 않을 수도 있겠다는 생각이 드네요. 얼른 영상을 보고 무영 양의 문제점에 해답을 내려볼까요?"

구임자가 입가에 미소를 띠며 말했다. 잘하면 오늘 해가 지기 전에 집에 갈 수도 있겠다는 생각이 들자 구임자는 즐거워졌다.

영상이라 함은 보통 며칠 동안 주인공의 뒤를 제작진이 몰래 따라다니며 주인공의 일상을 찍은, 일종의 몰래 카메라 같은 거였다. 패널들은 주인공의 일상이 여과 없이 담긴 이 며칠 동안의 기록을 보고 주인공이 어떻게 살고 있는지를 판단했다. 줄곧 이 짧은 비디오 클립은 주인공의 문제가 무엇인지 알려주는 단서 역할을 했다. 예를 들면 집안 환경이 주인공을 지나치게 압박하고 있다든지, 주인공 스스로의 의지가 약하다든지, 어찌됐든 어떤 방식으로든 문제는 이 비디오 안에 여실히 드러났다. 비디오 속에 드러난 문제들을 구임자가 정확히 짚어내면, 주인공이나 주인공의 가족들은 엉엉 울며 자신의 과거를 반성하고, 모두가 서로를 부둥켜안으며 새로 생긴 그림자를 보고 행복해하는 식으로 쇼는 끝났다.

뻔한 쇼였다. 그래서 구임자는 더 즐거웠다. 충격을 주면 그림자가 생기니, 가장 약한 곳을 건드려 적당히 상처가 되는 말을 하면 되는 거였다. '대충 충격 받을 만한 센 말 아무거나 하고 집에 얼른 가야지.' 하는 생각에 저도 모르게 인자한 웃음을 지었다.

"네, 얼른 볼까요?"

진행자가 웃으며 말했다. 세트장 안에 있는 모든 사람들이 세트의 뒤에 붙어 있는 대형 스크린으로 시선을 돌렸다. 그 스크린에서는 이제 무영의 하루를 다룬 영상이 켜질 것이었다.

이제, 무영은 정말로 심판대 위에 서 있었다. 무영은 침을 꼴깍, 삼켰다.

*

'차해은(25)'

"안녕하세요, 무영이의 친구 차해은이라고 합니다."

영상이 켜지자 무영의 오랜 친구가 화면 속에 등장했다.

"저 진짜 그냥 있는 그대로 말해도 되죠? 저 진짜 거짓말 안 할 거예요? 짜고 치고 그런 거 얄짤 없어요, 저?"

눈을 최대한 크게 뜨고 앞에 앉아 있을 작가에게 재차 확인하는 해은의 모습이 편집되지 않고 쭉 나왔다. 상체를 거의 뻗다시피해서는 조금은 공격적으로 작가에게 경고하는 해은의 모습에 방청객은 약간의 웃음을 터트렸다. 해은은 하얀색으로 덧대어 놓은 배경의 가운데에 덩그러니 앉아 있었는데, 그 덕분에 해은의 까만 그림자가 더 잘 보였다. 그 나이대에서 보기 드문, 아주 까맣고 선명한 그림자였다.

"얘가 그림자 없다고 스트레스 받는 건 알고 있었는데, 이런 프로그램까지 신청할 정도인 줄은 몰랐네요."

잘 편집된 화면에 해은의 얼굴이 비췄고, 그 위로 톡톡 튀는 자막이 입혀져 있었다. 미리 해은이 무영에게 인터뷰 요청이 왔다고 언급해줬기 때문에, 무영은 당황하지 않고 화면을 통해 나오는 친구의 얼굴을 옅은 미소를 띠고 바라봤다. 구임자는 커다란 진분홍색 하트 인형이 붙어 있는 펜을 들고, 아무것도 쓰여 있지 않은 대본의 빈 공간에 지적할 것들을 적을 준비를 하고 있었다.

'왜 여태 무영 양의 그림자가 생기지 않은 거라고 생각하세요?'

화면의 아래쪽에 분홍색과 하늘색으로 질문 자막이 떴다. 촬영할 때 해은의 앞에서는 작가가 질문이 적힌 스케치북을 들고 있었던 듯, 해은은 고개를 뻗어 화면의 아래쪽을 오랫동안, 미간에 잔뜩 힘을 준 채 바라봤다. 해은은 오랫동안 공들여 읽은 그 글자들의 조합이 무슨 의미인지 알 수 없다는 듯 고개를 갸우뚱거렸다.

"글쎄요, 걔는 오히려 잘 살면 잘 살았지, 사회의 루저, 뭐 그런 게 어울리는 애는 아니에요."

해은은 천천히 생각하고 말을 했다. 필요 없는 말이나, 혹여나 무영에게 공격이 될 만한 말을 모조리 지워내고 조심스럽게 한 단어씩 골라내어 말하느라 속도가 조금 느렸다.

"저한테 무영이는 계속 뭘 하려고 하고, 늘 바쁘게 지내는 친구에요. 저도 바빠서 대학 생활 내내 무영이를 자주 보지는 못했지만, 그래도 친한 친구, 하면 생각나는 친구라 간간히 연락하고 만나고 했거든요. 그런데 정말로 그때마다 늘 뭔가 하고 있었어요. 봉사 활동도 하고 영어 학원도 다니고, 뭐 대외 활동인지 뭔지, 대학생 캠프 같은 것도 여러 번 다니고 그러던데요. 그래서 저는 잘 사는 줄만 알았죠.

그래서 정말 의외였어요. 무영이가 그림자가 없다는 게."

*

영상의 화면이 조금씩 어두워지고, 다른 화면이 나타났다. 무영의 집을 찍은 몰래카메라였다. 무영은 순간 가슴 속이 턱 막히는 기분이 들어, 자기도 모르게 '헉' 하는 소리를 냈다. 카메라는 천장 구석에 매달려, 방 안 전체를 비추고 있었다. 언제 저런 걸 설치했던가. 엄마는 내 방을 다 찍고 있는 것을 알면서도 왜 조금의 언질도 주지 않았나. 배신감이 들어 헛웃음이 나올 지경이었다.

무영은 혹여나 자신이 남에게 보이기 부끄러운 행동을 한 건 아닐까 안절부절못했다. 영상 속의 무영은 카메라가 저를 찍고 있는 줄도 모르고 침대에 누워 시체처럼 미동도 없이 자고 있었다. 카메라가 천장에 비스듬히 설치되어 있었기 때문에 무영의 추레한 모습이 제대로 보이지는 않았지만 큰 대자로 몸을 있는 대로 뻗고 한쪽 다리를 덮고 있던 이불을 차는 모습은 여과 없이 카메라에 잡혔다.

허연 배를 꺼내놓고 자는 무영의 모습이 화면에 비치자, 방청객석에서 조금씩 피식, 피식 하는 웃음소리가 새어나왔다. 무영은 앞머리는 물론 양옆에 삐져나온 잔머리까지 알뜰하게 올리고서 민낯으로 자는 모습이 만천하에 공개되는 것만 같아 얼굴이 화끈거렸다. 아, 진짜 엄마는 미리 귀띔이라도 해주지. 눈앞이 아득해졌다. 빨리 이 화면이 지나가기를 바랄 뿐이었다.

"얼른 일어나, 밥 먹어."

화면 속에는 방에 들어와 무영을 흔들어 깨우는 엄마가 보인다. 왠지 엄마는 평소와 다르게 멀끔한 옷을 입고 기본 화장을 마친 상태였다. 영상 속의 무영은 잠이 덜 깬 와중에 자신을 깨우는 엄마의 목소리를 듣고, 눈도 제대로 뜨지 못한 채 스프링처럼 상체를 벌떡 일으켰다. 그리고 밤새 입가로 흐른 침을 닦고 그 손으로 눈을 비비고, 다른 손으로는 배와 등을 긁었다. 그림자를 찾겠다고 나온 프로그램인데 전국적으로 민낯을 공개해서 평생 결혼도 못 하고 미혼으로 늙어 죽으라는 거구나 싶었다. 아, 혹독한 경험을 하면 그림자가 생긴다더니, 그 혹독한 경험이 전국 민낯 공개인 건가 하는 어처구니없는 생각이 머릿속을 스치자, '참, 나' 하며 헛웃음이 지어졌다.

영상 화면은 무영이 일어나 침대를 벗어나는 시각인 오전 일곱 시 십이 분을 자막으로 보여줬다. '섀도우 메이커'

출연자 역사상 최고로 빠른 기상 시간이었다. 그 자막을 영상으로 보며, 구임자는 눈빛을 잔뜩 날카롭게 세웠다. 하나도 놓치지 않겠다는 표정이다. 그녀는 대본에 기상 시간을 기록했다. 무영이 신중하고 꽤나 조심스러운 친구를 둔 탓에, 친구의 인터뷰에서 건질 만한 것이 없어 구임자는 약간 초조해졌다. 꽤 이른 시간이로군. 아직은 딱히 흠잡을 것이 없는데. 구임자는 눈을 더 가늘게 뜨고 화면을 응시했다.

*

화면이 바뀌고, 인터뷰용 까만 배경에 무영의 부모님이 앉아 있었다. 부모님은 쭈뼛쭈뼛 카메라를 향해 인사를 건넸다. 그런데 그들은 그다지 기쁜 얼굴을 하고 있지 않았다.

인생에 처음으로 전파를 타보는 건데, 이왕이면 이곳저곳에 자랑을 할 만한 거였으면 좋으련만. 전국권 방송에서 딸래미 하나가 그림자가 없다고 떠들어대는 꼴이라니. 차라리 먹물을 가져와 얼굴에 바르고 인터뷰를 하는 편이 나을 것 같다고, 무영의 아버지는 생각했다. 그러면 주말 아침마다 가는 조기 축구회에서도, 퇴근 후 꼬박꼬박 참석하는 골프 모임에서도 딸이 그림자가 없다는 것을 들키지 않을 테니까.

그래도 내 딸이니까 그림자가 없다는 것을 부끄러워하면 안 된다고 생각하면서도, 그는 왠지 얼굴이 화끈거리는 것을 멈출 수 없었다. 내가 잘못한 것도 아닌데, 괜히 수그릴 필요가 있나, 생각하며 그는 새빨간 얼굴로 엉덩이를 뒤로 쭉 빼고 허리를 바짝 치켜세워 앉았다. 창피한 기색을 지우려고 애를 썼더니 왠지 화가 잔뜩 난 표정이 되었다. 인터뷰를 하기 직전에 그는 작가에게 얼굴은 모자이크를 처리해 달라고 할까, 하다가 그건 너무 심했지, 하는 생각에 차라리 입을 꾹 닫는 편을 택했다.

일부러라도 꼿꼿한 자세를 유지하려는 무영의 아버지와 달리 무영의 엄마는 한눈에도 위축되어 보였다. 그녀는 손수건을 한 손에 들고서 어쩔 수 없이 눈시울이 붉어지는 순간에는 눈 앞머리를 꾹 눌러 최대한 화장이 지워지지 않게끔 눈물을 닦았다. 무영의 엄마는 속상했다. 자신에게서 나온 하나밖에 없는 분신 같은 아이에게 그림자가 없다니. 항상 자신과 꼭 닮았다고 생각했기 때문에 드는 배신감과, 이런 방송까지 나와서 죄 지은 사람처럼 앉아 묻는 말에 대답을 해야 한다는 사실이 그녀를 괴롭혔다.

반평생을 동네에서 유명한 사립 학교의 선생님으로 살아

온 그녀에게 이 자리는 마치 재판정처럼 느껴졌다. 교육자인 그녀의 아이는 어떤 꼬투리도 잡을 수 없게 완벽해야 했다. 그녀의 계산에는 그랬다. 그것이 그녀의 교육법이 옳다는 증거이고, 자신이 이렇게나 뛰어난 교육자임을 증명하는 방법이니까. 그런데 그림자가 없다니. 이건 완벽한 배신이었다. 무영의 엄마는 그녀를 찍고 있는 카메라와 질문지를 들고 이것저것 메모하고 있는 작가가 원망스럽게 느껴졌다.

그들을 찍고 있는 카메라 화면 속에서 두 사람은 나란히 앉아 있었다. 둘의 표정에는 모두 그림자가 한껏 서려 있었다. 작가가 피디와 어떤 질문을 먼저 할 건지 따위를 상의하는 모습을 빤히 쳐다보면서, 경찰서에 앉아 심문을 받는 범인처럼 질문을 기다렸다. 작가는 "긴장하지 말라", "있는 대로 솔직히 말씀해주시면 된다"고 이야기했을 거고, 무영의 엄마는 평소에도 그래왔듯 교양 있게 제작진에게 따뜻한 국화차를 한잔 대접했을 테지만, 차를 건네는 손에는 왠지 모를 그림자가 서려 있었을 것이다.

어떻게 화면을 구성할지 상의를 끝낸 작가가 이제 시작하겠다고 짧게 말하고, 슬레이트 대신 박수를 소리 나게 짝, 하고 쳤다. 각자의 생각으로 잠시 멍했다가 박수 소리에 번뜩 정신이 든 무영의 부모님은 고개를 들고 카메라 뒤에 있는 작가와 눈을 맞췄다.

작가가 “무영 양에게 그림자가 없다는 것에 대해 어떤 생각을 가지고 계신지 궁금하다”라고 질문하자, 무영의 부모는 바로 대답하는 대신 잠시 동안 가만히 생각했다. 무영의 아버지는 질문을 듣고 작가를 노려보듯 쳐다보고, 무영의 엄마는 그녀의 무릎 위에 얌전히 놓여 있던 양 손끝을 살짝 비볐다. 그녀는 인터뷰 전날, 남편과 침대에 나란히 누워 어떻게 대답을 해야 하는지 상의한 대로, 조금씩 입을 열기 시작했다.

“음…… 무영이는 착한 아이입니다. 정말로 시키는 대로 뭐든 잘했던 아이예요. 남들에 비해 확 뛰어나진 않아도, 뒤쳐졌다고 생각해본 적은 없어요.”

무영의 엄마의 목소리가 낮게 울렁거렸다. 그러자 무영의 아버지도 미간 사이에 잔뜩 주름을 만들고, 눈을 부리부리하게 뜨고는 대답했다.

“그림자가 없다고 이 프로그램에 출연하는 것은 상당히 속상하지만,”

아버지는 두 손을 무릎 위에서 꽉 쥐었다. 믿었던 딸에 대한 실망감과 좋지 않은 일로 전국 방송에 출연하는 부끄러움이 곧 그를 잡아먹어버릴 것 같았다.

"우리도 아직 무영이를 포기한 것은 아닙니다. 벌써 늦었다고 저희도 생각은 합니다만, 그 시기가 언제가 됐든, 우리 아이에게 그림자가 생길 거라고 끝까지 믿고 기다려주고 또 지원해주는 것이 부모가 할 일이라고 생각합니다."

무영의 아버지는 전날 상의한 대로 천천히 한 글자, 한 글자 대답을 토해냈다.

둘은 이전에도 그렇게 생각하고 있었지만, 인터뷰를 해내면서 왠지 모르게 딸이 저 멀리 떨어져버린 것 같다는 느낌을 받았다. 왠지 모르게 생겨버린 거리감 때문에 다시 딸에게 말을 걸어도 들리지 않을 것 같다는 생각이 들었고, 부쩍 늘어난 거리감만큼 딸에게 말을 걸고 싶은 마음도 저만큼 멀어져 있었다.

'적어도 돈 걱정 없이 대학을 보내줬으면, 금수저까지는 아니더라도 적어도 은수저쯤은 될 텐데, 그 은수저에 매 끼니 음식도 담아서 떠먹여줬으면 이런 식으로 보답하면 안 되는 거 아닌가' 하는 생각은 아무도 몰래, 한숨과 함께 밖으로 훅 튀어나왔다. 그들의 진짜 생각은 화면에 조금도 담기지 않았다.

화면은 마지막 아버지의 말을 천천히 늘였다. '언제까지고 기다려주고픈 부모의 마음'이라는 자막이 함께 뜨고,

곧 눈물을 훔치고 있는 엄마와 그런 엄마의 등을 토닥여주고 있는 아버지의 모습에서 화면이 정지되고 그대로 페이드아웃됐다. 무영은 그런 부모님의 모습을 보며 죄책감이 들었다.

*

까만 화면이 걷히자, 무영이 지하철을 기다리는 모습이 영상에 담겼다. 그날은 오후에 새로운 프로필 사진을 찍기로 예약한 날이었다. 무영은 어깨에 화장품과 신발 따위가 잔뜩 든 통통한 쇼핑백을 둘러메고, 등에는 수업에 필요한 책을 넣은 백팩을 메고 있었다. 검은색 패딩에, 운동화를 신은 수수한 학생의 차림이었다.

영상 속에서 무영은 스크린도어에 비친 자신의 모습을 보며, 화장기 없는 얼굴로 끊임없이 입을 위아래로 크게 벌렸다, 옆으로 넓게 벌렸다를 반복했다. 목을 좌우로 움직여 보기도 하고, 얼굴 근육을 푼다고 한참 위를 쳐다보며 목을 한껏 늘렸다가, 아래를 내려다보며 뒷목을 스트레칭하기도 했다. 얼굴 붓기가 신경 쓰여 거울을 들여다보며 입에 공기를 한가득 넣어보기도 하고, 입을 부르르르 떨어 난데없이 발성 연습을 하기도 했다.

그러다가 스크린도어가 열리고 사람들이 내리자 무영은 지하철에 피곤한 표정으로 올라탔다. 언제 이런 것을 내가 조금도 눈치채지 못하게 찍어뒀던 걸까, 하는 생각에 화면 밖에 있는 무영은 당황스러운 표정을 지었다.

화면이 바뀌고, 무영이 다니는 학교의 전경이 잠깐 비춰졌다. 나름 명문대에 속하는 서울 소재의 사립 대학교였다. 오전 아홉 시 오십이 분, 무영은 학교 정문을 빠른 걸음으로 지나고 있었다. 무영은 커다란 쇼핑백 두 개를 모두 한 손목에 걸고, 다른 손에 플라스틱 텀블러에 담은 아이스 아메리카노 한 잔을 들고 있었다. 구임자의 눈에는 그것이 찬스였다. 역시, 그 대학교 학생들이 그렇게 사치스럽다던데, 너도 다르지 않구나, 하는 눈빛으로 수첩에 무엇인가 잔뜩 적기 시작했다.

다음은 오후 세 시 삼십 분을 알리는 자막이 뜨고, 학교를 떠나는 무영의 모습이 담겼다. 무영은 곧장 학교 앞 메이크업 숍으로 향했다. 오후 다섯 시 삼십 분이 되자 헤어 세팅과 메이크업을 마친 무영이 숍에서 나왔고, 또다시 학교 앞에 있는 의상 대여 숍으로 향했다. 오후 여섯 시가 되자 예쁜 정장을 입은 채로 무영이 의상 대여 숍에서 나왔고, 오후 일곱 시에 예약해놓은 도곡동의 스튜디오를 향해 바쁘게 움직였다.

그때 화면에는 시계를 나타내는 자막과 함께 무영이 오늘 하루에 쓴 돈을 정리하는 내용의 자막도 나왔다. 메이크업 12만 원, 의상 대여 8만 원, 프로필 사진 15만 원, 해서 총 35만 원이었다. 세 시간 반 동안, 수입이 거의 없는 스물다섯 살짜리 무영이 쓴 돈이 모두 자그마치 35만 원. 방청객들은 이 부분에서 한참을 속닥거렸다.

*

"안녕하세요, 허무영입니다."

무영의 인터뷰가 담긴 영상이 나오고 있다. 무영의 뒤에 보이는 시계는 열 시를 가리키고 있었다. 무영은 화면에 잡힌 자신의 얼굴을 보니 괜히 어색하고 부끄운 마음이 들어 화면을 보다 말고 고개를 푹 숙였다. 바로 앞에 나왔던 화면 때문에, 방청객들은 그런 무영을 보고 더욱 수군거렸다.

무영은 당시 상황을 뚜렷하게 기억하고 있었다. 저 날 새로 프로필 사진을 찍는다고 의상이며 메이크업이며 하루 종일 이곳저곳을 돌아다니느라 정신이 하나도 없었는데, 좀 쉬겠다는 생각으로 피곤한 몸을 이끌고 겨우 집에 오니 웬 방송국 카메라와 사람들이 있었고, 무영은 당황해서 그만 얼음이 되어 있는데, 작가라는 사람은 정리할 시간을 준다며 십 분 남짓을 주었고, 곧바로 인터뷰를 해야 했다.

하여튼 이렇게 정신이 없는 상황이었다. 그런 상황에서 십 분 만에 정리가 됐을 리 만무했다. 무영이 '섀도우 메이커'에 출연하겠다는 어려운 결심을 내린 지 겨우 이틀이 지났을 때였다.

그날 처음 만난 메인 작가는 어딘가 모르게 쫓기고 있는 것처럼 보였고, 그 때문에 무영도 마음이 급해져서는 무슨 말을 어떻게 해야 할지를 고민하며 대답을 했다. 해야 할 말을 미리 생각한 후에 인터뷰를 해야 하는데, 무영은 인터뷰를 하며 생각을 정리하고 있었다. 때문에 앞뒤가 맞지 않는 이상한 말들이 튀어나왔다. 무영은 괜히 얼굴만 빨개져서, 끙끙대며 말을 이었다.

"제 꿈은 어렸을 때부터 배우였습니다. 그래서 지금도 열심히 노력하고 있습니다."라고 화면 속 무영은 조심스럽게 말했다.

"어떤 노력을 하고 있나요?"라고 묻는 작가의 말이 무영은 기억났다. 그때 무영은 "음, 학원도 다녀봤구요. 저 스스로는 스터디 같은 모임에 가입해서 발성이나 그런 연습을 매일 하고 있어요. 여러 숍에 다니면서 화장도 새로 받아보면서 어느 숍이 저랑 제일 잘 맞는지도 찾고 있는 중이고, 프로필 사진도 새로 찍어보며 노력하고 있어요."라고 대답했다. 무영의 하루를 미리 알고 있었던 작가가 "비용이 만만치 않을 텐데, 어떻게 충당하고 있나요?"라고 물었을 때는, "아주 어렸을 때부터 세뱃돈이나 용돈 같은 걸 모았던 통장이 있는데요, 그 통장에서 돈을 꺼내 쓰기도 하구요. 화요일과 목요일에는 학원에서 강사 아르바이트도 하고 있어요. 그런데 무엇보다 부모님의 도움을 많이 받죠. 얼른 제가 뭐라도 돼서 효도를 해야 하는데, 걱정이에요, 하하" 라고 대답했다.

아니나 다를까, 화면에는 '여러 숍에 다니면서 화장도 새로 받아보고, 프로필 사진도 새로 찍어보며 노력하고 있어요.'라는 말과, '부모님의 도움을 많이 받죠.'라는 대답만 편집되어 나타났다. 부모님의 도움을 받는다는 말 다음에는 어쩜 그렇게 편집을 했는지 무영이 멋쩍게 웃는 모습이 자연스럽게 이어졌다. 화면 속의 무영은 염치도 없이 화면을 향해 하하, 웃고 있었다.

다음 장면에는 무영이 핸드폰을 한참 들여다보다가 이어

폰을 끕고 잠자리에 드는 모습이 나왔다. 그리고 그대로 페이드아웃.

*

어두웠던 스튜디오 안이 밝아지고 진행자가 가만히 무영을 쳐다봤다. 무영은 곧 자신에게 쏠리는 시선을 눈치챘다.

"자, 이렇게 무영 양의 하루를 저희가 함께 돌아봤는데요, 우리 무영 양은 아무래도 다른 출연자분들과 차이가 분명한 분이신 것 같아요. 보통은 집 안에서 아무것도 안 하거나, 뭔가 되고 싶은 게 없는, 그런 분들이 많은데, 우리 무영 양은 뭔가 되게 바쁘게 많이 움직이시네요?"

진행자가 말을 시작했다. 무영은 진행자를 쳐다보고 약간 웃음을 지어 보였다.

"네. 저 나름대로 많이 노력하고 있는데, 화면에서 많이 안 보인 것 같아서 아쉽네요."

무영이 대답을 하며 약간의 웃음을 띠고 앞을 쳐다봤지만, 방청객들은 무영을 향해 아무런 표정도 짓고 있지 않았다. 오히려 무영을 차가운 눈빛으로 보고 있었다. 무영은 그 눈빛들과 마주하자 왠지 몸이 움츠러드는 기분이 들었다. 진행자는 패널을 향해 무영 양의 하루를 보고 나서 어떤 생각이 들었는지 질문했다.

"우선 제가 몇 가지 질문 좀 할게요, 무영 양."

구임자가 이때다 싶어 허리를 세우고 물었다. 구임자는 무영을 곧 삼켜버릴 것 같은 눈빛을 하고서는 입술을 삐죽거렸다. 구임자가 무언가 할 말이 있을 때 입술 모양을 뾰족하게 만든다는 것을 알고 있는 무영은 당황스러운 표정을 하고서 구임자를 바라봤다. 아무 말도 하지 않았는데, 벌써부터 뭔가 커다란 실수를 하고 있는 것처럼 느껴졌다. 메모한 것을 한참 들여다보며 뜸을 들이던 구임자가 마침내 질문을 하기 위해 입술을 뗐고, 그 순간 무영은 마른침을 삼켰다.

"커피는 매일 드시는 거예요?"

생각보다 싱거운 질문에 무영은 '아, 뭐야. 괜히 긴장했네.' 하고 생각하며 짧게 한숨을 내뱉었다.

"아, 네. 학교까지 오면 너무 피곤해서요, 마시고 있어요."

무영의 대답을 들은 건지 만 건지, 자신의 메모에 시선을 고정한 채로 구임자는 질문을 이어갔다.

"영상을 보니까 지금 하시는 준비에 대해서는 제대로 나오지 않은 것 같은데, 구체적으로 어떤 노력을 하고 있나요?"

"아……. 그건 영상에는 다 나오지 않았는데요. 모임 같은 형식으로 스터디도 하구요. 저 나름대로 영화랑 드라마도 많이 보려고 노력하고……. 또 숍에 다니거나 프로필 사진을 갱신하기도 하구요……. 그렇게 하루 종일 바쁘게, 저 나름대로도 연습 많이 하려고 노력하고 있습니다."

구임자의 말에 잔뜩 움츠려들었던 무영이 더듬더듬 대답을 해나가자 구임자는 쉴 틈도 없이 곧바로 반말로 질문했다.

"음, 좋아요. 그러면 자기 전에 귀에 꽂은 건 연습한 거 다시 들어보는 건가?"

"아…… 그건 아니구요. ASMR*이라고, 부스럭거리는 소리 같은 건데요, 위로받는 느낌도 들고, 편안하게 잠도 잘 오고 해서요. 자기 전에 즐겨 듣고 있습니다."

무영과 구임자의 사이에서 탁구공이 왔다 갔다 하는 것처럼 질문이 오가자 왠지 모르게 현장은 긴장감이 감돌았다. 무영의 대답을 들으면서 구임자는 계속해서 자신의 대본에 몇 가지 메모를 했는데, 그 메모들을 바탕으로 내뱉을

* Autonomous Sensory Meridian Response: 자율 감각 쾌락 반응. 긴장 완화와 불면증에 효과가 있다는 영상.

그녀의 독설을 기다리느라, 모두 아무 말도 하지 못했다. 구임자는 희미하게 한쪽 입꼬리를 올렸다.

"음, 무영 양 이야기를 들으니까 저는 이제 좀 알겠네요." 구임자가 말했다.

"저는 무영 양이 좀 다른 케이스인 줄 알았어요. 여태 나왔던 출연자분들과 다르게 미래에 대한 생각도 확실하고, 뭔가 하려고 노력하시는 모습을 보이시니까요."

구임자의 말에 진행자는 수긍이 가는 듯 고개를 끄덕거렸다. 확실히 그건 그랬으니까.

"그런데, 제가 생각할 때는요. 무영 양은 지금 다른 출연자들과 전혀 다를 바가 없는 것처럼 보여요."

구임자가 이어 말했다.

"쉽게 말해서, 노력 부족인 거죠."

*

노력 부족. 네 글자가 무영의 머릿속에 콕콕 박혔다. 마음이 온통 복잡해졌다. 아, 내 문제점이 노력 부족인 건가. 아침에 일어났을 때부터 잠들기 전까지 하던 모든 생각과 행동들은 노력이 아닌 건가.

"자세히 말해볼게요. 무영 양은 노력하고 있는 것처럼 보이지 않아요. 무영 양은 노력이라고 했지만, 제가 생각할 때는 그 모든 것이 '진짜 노력'으로 보이지 않아요."

"노력 부족이라니요, 어떤 부분을 말씀하시는 거죠?"

진행자가 구임자에게 물었다. 그 순간, 김작가도, 엄 피디도 구임자가 무엇을 말하는지 궁금했다. 방청객들도 궁금했다. 무영도 당황스런 표정을 지으며 구임자를 바라봤다.

"영상을 보니까 무영 양, 프로필 사진 찍고 하는 게 맨날 있는 일은 아닌 것 같아요. 그죠?"

"네……. 그렇죠."

"왜 그렇죠?"

구임자가 물었다.

"보시다시피 비용이…… 저에겐 좀 만만치 않아서요."

무영이 대답했다.

"학원은 다니고 있나요?"

구임자가 물었다.

"아…… 지금은 다니지 않고 있긴 한데, 기본반은 수료했어요."

무영이 대답했다.

"왜 더 다니지 않았죠?"

구임자가 물었다.

"아무래도 비용이……"

무영이 대답했다. 이상하게도 구임자가 묻는 질문에 대한 대답은 모두 돈으로 귀결됐다.

"그것 봐요. 그게 문제입니다. 제가 알기로는 배우가 되려면 사진도 많이 찍어보고 학원도 많이 다녀봐야 한다고 알고 있어요. 프로필 사진이 괜찮아야 담당자 눈에 들 수 있고, 학원을 많이 다녀야 오디션을 볼 수 있게 추천도 받고 하니까요. 그렇죠?"

방청객들이 구임자의 말에 고개를 끄덕거렸다.

"저 같으면, 차라리 돈을 더 아껴서라도 한 번 더 사진도 찍고, 학원도 더 다니겠어요. 그게 정말 노력하는 거 아닌가요? 제가 볼 땐 하루를 바쁘게 사는 보통의 대학생 같은데요. 그리고 아까, 커피를 드시더라구요. 커피 전문점에서 테이크아웃 하는 것 같던데, 요즘 커피 못해도 3천 원은 족히 하지 않나요? 매일 드신다고 했으니까, 그럼 그걸 한 달만 모아도 9만 원 정도는 될 것 같은데요? 물론 커피가 3천 원이라고 가정했을 때 말이죠. 그 이상이라면, 아마 더하겠죠?"

"아! 그건……"

"그렇죠?"

구임자는 무영의 말을 무시하고, 방청객 쪽으로 시선을 돌리며 그들에게 동의를 구하는 포즈를 취했다. 방청객들은 그래그래, 구임자의 말이 다 맞다며 고개를 끄덕였다. 그중 한 명은 "그래 그 돈을 모으면 다 할 수 있겠구만, 무슨" 하고 말하기도 했다. 그 말이 무영에게 안 들릴 리 없었다. 무영은 가만히 고개를 숙였다.

무영은 변명하고 싶었다. 경기도 외곽에 사는 탓에, 서울로 등교하기 위해서 무영은 노선 세 개를 갈아타야 했다. 열 시 수업에 도착하기 위해서 무영은 여덟 시에 집에서 출발해야 했는데, 출근 시간에 딱 맞춘, 러시아워의 등굣길은 늘 만만치 않았다고.

매일 아침, 한 시간 반 동안 땀 냄새와 술 냄새, 독한 향수 등 온갖 냄새를 참아야 했다. 냄새가 나도 피할 곳이 없었다. 그 시간에는 매번 지하철과 버스를 이용할 때마다 몸에 여섯 명이 붙어 있는 기적을 체험했다. 낯선 아저씨의 손이 엉덩이에 닿아도, 고의가 아니라는 것을 너무도 잘 알고 있기에, 아저씨도 손을 들고 싶지만 들 수 있을 만큼의 공간조차 없는 상황을 잘 알고 있기에, 무영은 꾹 참았다. 그러면 아저씨도 너무나 미안해하고, 무영은 괜찮다며 빽빽하게 웃어 보이다가 서로 눈길을 피하는, 민망한 상황이 되곤 했다.

그 시간을 버텨내며 지하철 속에서 한 시간 반을 보내고 나고서야 무영은 겨우 학교에 도착했다. 학교에서 친구들이 반가운 얼굴들로 재잘재잘 수다를 떨기 시작할 때, 무영은 이미 녹초가 되어 있었다. 수업이 시작되지도 않았는데 땀을 삐질삐질 흘리며 더워하는 무영을 친구들은 이해하지 못했다. 무영은 이미 출근길 버스와 지하철 안에서 그날 써야 할 체력을 모조리 쏟아붓고 오는 길이었다.

그러고 나면 첫 수업은 어김없이 잠에게 잡아먹히고 말았다. 그것은 무영의 힘으로는 도저히 이길 수 없는 일이었다. 일 교시 내내 꾸벅거리며 헤드뱅잉을 신나게 하고 나면 좀 정신이 들기 시작했고, 그게 어쩔 수 없는 일이다 보니 무영은 시험 기간이 되면 수업을 녹음해둔 파일부터 찾곤 했다. 친구들과 똑같은 시간 동안 공부하는 것은 꿈같은 일이었다.

더 이상 이런 식으로는 안 되겠다고 느낀 무영은 졸지 않기 위한 대책으로 마실 것을 사보기로 했다. 적어도 입에 뭔가 물고 있으면 그 시간만큼은 졸지 않겠지, 하는 계산이었다. 처음에는 학교 매점에서 파는 400원짜리 생수 한 병을 샀으나, 영 도움이 되지 않자 카페인으로 잠을 좀 쫓아 보자는 생각으로 커피류를 사기로 했다.

처음에는 학교 앞에 즐비한 테이크아웃 전문점에서 커피를 샀으나, 3000원 이상을 매일 소비하려니 지출이 너무 커졌다. 그래서 나중에는 학교 안에서 파는 아메리카노를 샀다. 크기도 훨씬 작고 농도도 옅었지만, 1700원이니 먹을 만하다고 생각했다. 그러다가 그 돈도 아까워지고, 커피를 사느라 수업에 늦을 뻔한 위기를 여러 번 겪고 난 뒤, 무영은 인스턴트 블랙커피에 얼음을 타는 아이디어를 생각해 냈다.

무영은 그 한잔의 아이스 아메리카노를 마시기 위해, 매일 집에서 인스턴트 블랙커피 한 봉지에 아주 조금의 물을 타서 학교 축제날 나눠줬던 플라스틱 텀블러에 담아왔다. 거기에 편의점에서 산 500원짜리 얼음을 담으면 훌륭한 아이스 아메리카노를 만들 수 있었다. 가격은 학교 앞 카페에서 구입하는 것과 2500원 정도 차이가 났다. 무영은 플라스틱 텀블러 안에 가득 담긴 그럴 듯한 500원짜리 아메리카노를, 맛과 향을 위해서가 아니라 '정신 차리고 살기 위해' 무작정 꿀꺽꿀꺽 들이켰다.

나름대로 시행착오를 거쳐 저렴하게 커피를 마실 방법을

생각해낸 것인데, 그것에 딴지를 잡히니 무영은 말문이 탁 막히는 기분이었다. 그게 어떤 건지 알지도 못하면서 아무렇게나 말하는 구임자가 미웠다.

"그뿐만이 아니죠. 더 있어요. 정말 본인이 좀 더 노력할 수 없던 이유가 돈이 부족해서였다면, 부모님께 말씀드려서 도움을 얻어서라도 최선을 다해봐야죠. 그러니까 정작 연기 연습은 등한시하게 되는 거라구요. 그것도 못하겠다면 그건 절실한 사람의 태도가 아니에요. 결국에 무영 양은 지금 할 수 있는 것도 하지 않고 있는 거 아닌가요?"

구임자는 무영이 절실하지 않아 보인다, 최대한으로 노력하지 않는 것 같다며 무영을 마음대로 재단하기 시작했다. 노력이 돈이라는 구임자의 말에 따르면 분명 무영은 노력하지 않고 있는 것이 맞았다. 무영과 함께 배우 학원을 다녔던 친구들을 생각해봐도, 무영은 '돈'의 노력 순위에서 꼴찌였다. 하다못해 저 날 갔던 의상 대여 숍에서도, 80만 원짜리 패키지를 끊으면 옷을 열다섯 벌 대여할 수 있다는 말에 "아직은 필요가 없어서요."라고 웃으면서 거절하기는 했지만, 그 옆에서 설명이 끝나기도 전에 카드를 내밀며 "일시불이요."라고 말하던 옆자리 여자에게 질투를 느끼지 않은 것은 아니었다. 준비에 들인 돈이 노력이라고 한다면,

무영은 확실히 노력이 부족했다.

하지만 무영은 그 정도 돈을 손쉽게 쓸 수 있는 처지가 아니었다. 학원에 등록하기 위해서 무영은 아주 어릴 때부터 모아온 통장을 깼고, 만만치 않은 학원비를 내고 나니 쓸 수 있는 돈이 바닥을 드러냈기 때문이다. 아주 어릴 때부터 모아온 돈이 한꺼번에 공중분해 되는 것을 보고 무영은 아주 잠깐 동안은 큰돈을 스스로에게 투자했다는 생각에 뿌듯했지만 곧 다시 돈을 벌어야 하는 처지가 되었음을 깨달았다. 일단 수입은 한 달에 학원 강사 아르바이트로 버는 이십오만 원이 고작이었고, 부모님께서 주시는 약간의 용돈을 포함해 무영은 그 안에서 모든 비용을 충당해야 했다.

부모님께 도움을 요청해볼 생각도 하지 않은 건 아니었다. 하지만 여태껏 학비니 용돈이니 이것저것 챙겨주신 부모님께 뭔가 더 요구하기란 생각보다 쉬운 일이 아니었다. 가뜩이나 배우 준비하는 것을 탐탁치 않아 하시는 분들이었다. 무영은 부모님께 끝내 반대하셨지만 결국은 혼자서의 힘으로 해냈다고, 당신들의 딸이 그토록 바라던 것을 이뤄냈다고 말하는 날을 상상해왔다. 배우 준비에 필요한 비용을 따로 요구하지 않는 것은, 무영의 마지막 자존심 같은 것이었다.

그렇다고 아르바이트를 늘리자니, 정작 연습할 시간이 부족해 허덕거리곤 했다. 별수 없이 무영은 최대한 절약하고 절약해서 모은 돈으로 화장을 받고 사진을 찍었다. 한 끼에 700원짜리 육개장 컵라면 하나와 800원짜리 삼각 김밥 하나를 사먹으며 돈을 모았다. 기분을 내는 날에는 1500원짜리 컵라면에 삶은 달걀을 곁들였다. 무영은 괜히 억울해졌다. 그래도, 들인 돈이 노력이라면, 할 말이 없는 것이 사실이었다. 스스로가 개미보다 작게 느껴졌다.

"일단 할 수 있는 노력도 안 했다는 게 제일 큰 문제입니다. 어떻게든 찾으면 방법은 있는데, 실행하지를 않았어요. 영어 실력이 모자라면 영어 학원에 다니면 되는 거고, 사진이 이상하면 다시 찍으면 되는 거구요. 아주 쉬운 문제를 그렇게 어렵게 생각하고, 돈을 아까워하니까 결국엔 아무것도 안 되는 거라구요. 지금은 무영 양, 학원도 기본반만 수료하고 그냥 버티고 있잖아요. 전형적인 노력 부족이죠."
구임자는 팔짱을 끼며 비웃는 표정을 지으며 말했다.

한껏 작아진 느낌에 무영은 아무런 말도 할 수 없었다. 자존심 같은 거 한 번 굽히면 그만이지만, 사실 그러기 싫어서 고집을 피운 건 무영 자신이었다. 그래서 텔레비전에 나오는 사람들을 따라해보는 것으로 연습을 대신했다. 그렇게 열심히, 혼자서 할 수 있는 것을 다했다. 그것은 확실히 한계가 있었고, 무영 스스로도 잘 알고 있었지만 다른 방법이 없었다. 정말 안 되겠다고 느낄 때 스터디를 꾸리는 것으로 학원을 대신했다.

누군가 물었을 때, '그런 것 필요없다'고 호기롭게 말하기는 했어도, 사실은 무영도 80만 원쯤 아무렇지도 않게 쓸 수 있는 사람이 되고 싶었다. 남들보다 훨씬 더 많이 투자해서 경쟁력 있는 지원자가 되고 싶었다. 더 비싼 숍에서 메이크업을 받고, 옷을 빌리고, 사진을 찍고 싶었다. 누군가는 그런 무영에게 그럴 시간에 연기 연습을 더 하라고 했지만, 그것은 일차 심사가 모두 '사진'으로 갈린다는 것을 모르기에 할 수 있는 말이었다.

예선을 통과하지 못한 자는 본선에 오를 수 없다. 본선에서 실력을 뽐내기 위해서는 비싼 값의 예선 통과가 필요했다. 자꾸 오디션을 보러 오라는 연락을 받지 못하는 것을 무영은 남들보다 값싼 사진 때문이라고 여겼다. 그러나 그것을 개선할 만한 돈은 여전히 없었다. 그래서 무영은 스스로 '쟁쟁한 경쟁자'가 아님을 알고 있었다. 그것을 인정하는 일은 무영 스스로를 파먹고 들어가는 일이었다.

"심지어 무영 양은 자는 순간까지 절실한 것처럼 보이지 않았어요."

구임자가 계속 말을 이었다.

"ASMR인지 뭐시긴지, 그건 전혀 상관이 없는 거잖아요, 지금. 정말로 무영 양이 되고 싶은 게 있다면 일어날 때부터 자기 전까지 그것만 생각해야 한다고 생각해요, 난. 그래서 지금 노력이 부족하다고 말하고 있는 거구요."

무영은 입술을 꽉 깨물고, 주먹을 꼭 쥐고 구임자를 매섭게 노려봤다. AMSR은 유일하게 무영이 위로를 받는, 세상과 소통하는 문이었다. 모두가 "넌 아니야, 넌 안 돼"라고 말할 때, 그날 하루 "괜찮다, 다 잘될 거야"라며 무영의 귀밑머리를 쓰다듬어준 유일한 소리였다. 매순간 패배자였던 무영의 하루 중 유일하게 위로를 받는 잠들기 전의 짧은 시간조차 '노력'을 해야 구임자는 만족하고 지적하지 않을 듯했다.

"혹시 다른 직업을 생각해본 적은 없으신가요?"

진행자가 무영을 향해 물었다. 무영은 굳어 있던 표정을 풀려고 억지로 노력해서 더 어색해진 표정으로 대답했다. 머릿속은 온통 실망감으로 가득했다. 나를 조금은 이해해 줄 줄 알았는데, 그게 아니었다니. 여기에 와서도 결국은 그냥 "넌 부족하다, 아니다, 네 잘못이다" 따위의 말들이라니, 하고.

"이……있습니다. 부모님께서 추천하셔서 공무원 시험 공부를 알아본 적이 있어요."

무영이 입을 떼자 진행자가 반색하며 다시 무영에게 물었다.

"공무원, 안정적이고 보람을 느낄 수도 있고, 좋지요. 시간이 되면 퇴근도 재깍재깍 할 수 있고, 인정도 받을 수 있으니까 경쟁률도 높구요. 그래서 공무원을 희망하시는 분들이 정말 많은 걸로 알고 있는데, 왜 공무원은 싫으신 거죠?"

"싫다기보다, 그냥 제 적성에 맞지 않다고 생각했어요. 공무원 분들께는 죄송하지만, 저에게는 좀 맞지 않는 일인 것처럼 보여서요."

무영은 대답했다. 진심에서 나온 대답이었다. 남들은 철밥통이라서 공무원이 좋다고 했지만, 무영은 계속 똑같은 곳을 보고 살아야 하는 공무원이 되는 것은 재미가 없다고 생각했다. 더 늦게 퇴근하고, 돈을 좀 덜 받더라도 넓은 세상에서 다양한 삶을 보며 살고 싶었다. 그게 더 좋고, 더 가슴 뛰고, 그러니까 그게 더 맞다고 생각했다. 더 행복해질 수 있는 길이라고 생각했다. 유명한 사람들은 텔레비전에 나와서 전부 가슴 뛰는 일을 하라고, 그렇게 말하곤 했으니까.

이때 구임자가 또다시 끼어들었다.

"말씀 중에 정말 죄송하지만, 저는 여전히 무영 양의 노력이 부족하다고밖에 생각되지 않아요. 돈 문제를 제외하고도요."

하루 종일 바쁘게 사는 영상을 보고서도 구임자는 그렇게 말을 이었다. 옆에서 가만히 듣고 있던 '블랙 섀도우'가 구임자의 계속된 공격에 난감한 표정을 지었다.

"네? 어떤 부분에서……?"

"정말, 정말 미안하지만, 그냥 전부 다요. 지금 무영 양은 심지어 다른 길도 심각하게 고민해보지 않은 것으로 보여요. 그러니 당연히 삶에 있어서 도전할 일이 적을 수밖에 없고, 그러니까 당연히 그림자가 없는 것이겠죠. 불성실하다는 거예요."

구임자가 눈을 동그랗게 뜨고 말했다.

"하지만…… 이게 정말 오래전부터 꿈이었기 때문에……" 무영이 구임자의 말에 변명하듯 말했다. 구임자는 무영의 말은 반쯤 잘라먹고 다시 말했다.

"정말 오래전부터 꿈이었기 때문에 그것밖에 생각해본

적 없다고요? 아니, 그렇게 배우가 되고 싶으면 진짜 노력하는 모습을 보여줘야 하는데, 그런 노력이라고 해봤자 남들 발끝에도 못 미치게 분기별로 사진 찍고 스터디 쪼끔 하구, 그게 전부잖아요? 심지어 잘 때 듣는 것도 아주 엉뚱한 것이었구요. 그 정도 노력은 누구나 다 할 수 있는 거구요. 남들과는 다르게 무영 양만이 한 노력이 무엇인지 그걸 좀 보여주세요. 그래야 우리가 납득을 할 거 아니겠어요? 정말로 하고 싶었다면 그런 것쯤은 있겠죠?"

*

'나만이 한 노력…….'

하루 종일 배우가 되기 위해 발성을 연습하고, 감정을 잡아보고, 연습을 하는데, 그래서 하루 종일 눈코 뜰 새 없이 바쁜 시간을 보내는데 무영은 아무것도 하지 않는 사람이 되어 있었다. 아니라고 항변하고 싶었지만 그 말이 아주 틀린 것은 아니어서 아무 말도 하지 못했다. 하루 종일 열심히 혼자서 연습하는 것은 누구나 할 수 있는 일이었다. 그것이 무영이 할 수 있는 최선의 노력이었다. 하지만 그것은 동시에 아무런 노력도 하지 않고 있음을 뜻하기도 했다. 속이 터질 듯한 답답함에 무영의 눈에서 눈물이 한 방울 흘러내렸다.

구임자는 무영의 눈에서 떨어지는 눈물을 보고 집에 갈 시간이 '거의 다 됐다'고 생각했다. 그리고 피디는 무영의 눈물을 보고 '더 결정적인 한 방이 있으면 좋겠다'고 생각했고, 작가는 무영의 눈물을 보고 '이쯤에서 무슨 자막을 넣으면 더 감동적일까'를 생각했고, 방청객들은 무영의 눈물을 보며 '정말 과거의 자신을 반성하고 있구나' 하고 생각했다. 누구 하나 진심으로 무영의 생각을 읽은 사람은 아무도 없었다.

이쯤에서 작가와 피디는 눈빛을 주고받았다. 가만히 앉아서 출연자들을 구경하던 김 작가는 좀 더 극적이고 감동적인 분위기를 내기 위해서 '블랙 섀도우'에게 발언 기회를 주라는 손짓을 했다. 이런 상황에서 게스트의 한 마디는 분위기를 전환시켜주는 데 최고였다. 게다가 그들은 '섀도우 메이커'를 보고 그림자를 얻지 않았는가. 지금 딱 등장해 주면, 시청자들의 마음을 움직일 만한 장면을 만들기에 충분할 것이다. 피디는 이번 캐스팅이 정말 다행이라고 생각했다.

블랙 섀도우는 다급한 작가의 손짓을 보며 갑자기 주어

진 기회에 무척 당황했다. 구임자는 기세등등해 있고, 오늘의 주인공은 어깨를 살짝 떨며 눈물을 짓고 있는 상황에서, 결정적인 한 방을 날려야 하는데, 대체 지금 무슨 말을 꺼내야 좋을지 혼란스러웠다. 게다가 자신들은 이달의 신인 아닌가. 지금 한 마디가 엄청난 반향을 일으켜 약이 될 수도, 독이 될 수도 있는 터였다. 허무영과 가장 가까운 자리에 앉은 블랙 섀도우 멤버 하나가 무영의 어깨를 한 팔로 살포시 감싸 안았다. 무영은 갑자기 저를 감싼 손길에 두 손을 모아 얼굴을 가리며 엉엉 울기 시작했다. 블랙 섀도우의 리더는 그런 무영을 보며 위로하기 시작했다.

"지금 무영 양의 심정이 어떤지 누구보다 우리가 제일 잘 알 것 같아요. 그런데 무영 양, 다시 생각해볼 기회는 있어야 한다고 봐요. 저희 멤버들도 모두 최근까지도 그림자가 없었거든요. 저희는 뭐, 처음부터 꿈이 없던 케이스라 지금껏 너무 크게 꿈을 가져왔던 무영 양이랑은 조금 다를 수도 있겠지만, 정말 꿈은 한순간에 또 생기더라고요. 그리고 저희가 볼 때도 공무원인 무영 양, 정말 잘 어울리고요!"

"맞아요! 정말 잘 어울리세요!"

옆에 있던 다른 멤버 하나가 거들었다.

그 말을 들으며 무영은 왠지 더 서러워졌다. 고개를 들고 쏙 들어간 눈물을 손으로 슥 닦았다. 섣부른 조언이다. 전혀 마음에 와닿지 않았다. 오히려 창이 되어 무영의 오래된 꿈을 쿡쿡 찔렀다. 그들의 머릿속에서 무영은 배우가 아니라 이미 공무원이었다. 무영이 어떤 생각을 가지고 있는지는 처음부터 사실 그렇게 중요하지 않았다. 무영은 그게 서러웠다.

저들과 무영은 애초에 생각하는 기준이 다른 듯했다. 그들은 이미 무엇인가 이룬 사람들이었다. 이미 성공을 맛본 사람들은 성공하는 방법을 자신의 경험에 빗대어 지나치게 쉽게 여기곤 했다. 무영은 그들의 말을 들을 때마다 정확히 알 수는 없는 뭔가에 두들겨 맞은 기분이 들었다.

꿈을 쉽게 바꾼 것이 성공의 요인이었던 어떤 이가 무영의 꿈에 대해 쉽게 말하는 통에, 무영은 말할 차례를 놓치고 말았다. 애초에 무영의 꿈에 대해 진지하게 고민해주는 사람은 단 한 명도 없는 것 같았다. 이미 무영이 가야 할 길은 정해져 있었고, 그 길을 가지 않은 무영은 한심한 인간이 되어 있었다.

이 상황 속에서 무영은 예전에 우연히 본 토크쇼의 한 부분이 떠올랐다. 성공한 사람들을 믿지 말라는 거였는데, 로또에 당첨된 사람은 다른 사람에게 로또를 사라는 충고를 너무도 쉽게 한다는 거였다. 그들은 말할 것이다. "로또, 그게 진짜 되더라니까?"라고. 자신의 경험에 매몰된 선부른 충고는 앞에 앉아 고민하는 이의 마음에 비수를 꽂기도 한다. 다크 섀도우의 조언을 듣다 보니 갑자기 떠올랐다.

그게 아니라, 당신들은 그럴 만한 환경과 외모와 끈덕진 인내와 그런 게 있었던 거라고, 나랑은 다른 뭔가 있었던 거라고 말하고 싶었다. 무영은 저도 모르게 다크 섀도우에게 비난의 눈빛을 쏘고 있었다. 그런 무영의 마음을 아는지 모르는지 그들은 여전히 이런저런 이야기를 하고 있었다.

"무영 양이 정말 배우가 된다면 더없이 좋겠지만, 저는 그렇게 생각해요. 사람은 포기할 줄도 알아야 한다고요. 저도 오랫동안 과학자를 꿈꿨는데 중학교에 들어가면서 포기했거든요. 머리가 나빠서요."

이 대목에서 방청객들은 웃음을 터트렸다. 머쓱하게 뒷머리를 긁는 멤버를 방청객들은 사랑스럽게 쳐다봤다. 그 멤버는 방청객의 호응이 멋쩍은지 손으로 뒷목을 쓸며 혀를 한 번 쑥 내밀고는 다시 이야기를 이었다.

"무영 양이 지금 되고 싶은 건 따로 있어도, 정말 할 수 있는 것은 다른 곳에 있을지도 몰라요. 저 또한 과학자는 못 됐지만 지금 이렇게 가수가 됐으니까요. 저를 보고 성공한 케이스다, 뭐 이렇게 말씀드리기는 부끄럽지만, 지금 무영 양이 혹시 아닌 길에 너무 욕심을 부리고 있는 것은 아닌가 생각해봐야 할 시점인 것은 맞는 것 같아요."

어쨌든, 이 방송에 출연하기 전부터 블랙 새도우의 소속사 사장은 저런 취지로 말할 것을 멤버들에게 지시한 상태였다. 함부로 이래라 저래라 하다가는 출연자에게 감정 이입을 하고 있던 누리꾼들에게 질타를 받기 십상이기 때문이다. 구임자의 흥에 맞춘다고 마음 가는 대로 같이 독설을 하다가 몰락해버린 신인 연예인들도 허다했다. 공감 능력이 현저히 부족하니 소시오패스니 어쩌니 하며 이상한 수식어가 붙으면 그 별명이 끝까지 가는 게 이 바닥이었다. 수에 밝은 소속사 사장은 최대한 사랑스럽게, 최대한 가능성을 열어두고, 최대한 상냥하게 멘트를 하라고 출연 한 달 전부터 귀에 딱지가 앉게 말했다.

블랙 새도우의 멤버는 말이 끝난 뒤 방청객의 반응을 보고 자신이 꺼낸 멘트가 괜찮았다고 확신했고, 안도감마저 들었다. 그 말이 무영에게 어떻게 들렸는지는 큰 상관이 없었다. 그들에게는 대중의 반응이 훨씬 중요했다. 그를 쳐다보는 방청객들의 눈이 하나같이 하트로 변해 있었다. 그중 한 명은 벌써 핸드폰을 들고 익명의 인터넷 커뮤니티에 '개념 아이돌남 발견.txt'라는 제목의 새 글을 작성하고 있었다.

무영은 흔들리고 있었다. 오랫동안 생각했던 꿈이기에 포기할 생각은 조금도 없었는데, 이 프로그램에 있는 모든 사람들이 자신에게 배우가 되는 것을 포기하라고 말하는 것 같았다. 내가 얼마나 열심히 하루를 사는지 보여주면, 다들 내 꿈을 믿어줄 거라고 생각했는데, 너는 할 수 있을 거라고, 시간 문제라고 말해줄 줄 알았는데, 다들 그랬다. 네가 노력을 덜 한 거라고. 그러니 더 노력을 하던가, 그럴 수 없는 환경이라면 다른 길을 찾으라고. 모두가 무영에게 그렇게 말하고 있었다.

무영은 할 말이 없어졌다. 혼란스러웠다. 여태껏 한 번도 듣지 못한 말을 한꺼번에 들으니 머릿속이 팽팽 돌아버리는 것 같았다. 유명한 사람들은 텔레비전에 나와서는, 맨날 언젠가는 된다고, 이 바닥은 끝까지 견디는 사람이 결국은 되는 거라고 말을 해주더니, 기껏 지금까지 계속 준비하고 있던 무영에게 이제 와서 너는 안 된다고, 당장 그 끈을 놓으라고 말하고 있었다.

지금 여기서 무슨 말을 더 해야 하지, 하고 생각하자 머릿속이 하얘져서 아무런 생각도 들지 않았다. 혼자 있을 때

여태껏 그랬던 것처럼 그늘 속에 들어가 무릎을 안고는 고개를 푹 수그리고 싶었다. 다들 여기서 나가주세요, 조금만 혼자 있을 시간을 주세요. 말하고 싶었다.

혼자 있는 시간이 마냥 편하지도 않았으면서 그런 생각을 했다. '그렇게 고민하고 괴로워할 시간에 남들이 나와는 다른 노력을 더 하고' 있을까 봐 늘 무영은 노심초사했다. 그래서 쉴 수 없었다. 자신이 무엇을 하고 있는지도 모르는 채, 그냥 눈을 가린 말처럼 앞을 향해 달릴 수밖에 없었다. 그동안 한 번도 마음을 놓고 쉬어본 적이 없는데, 남들보다 조금이라도 뒤처질까 봐 항상 채찍질만 해왔는데, 내 앞에 기다리는 것은 결승선이 아닌, '잘못된 길로 들어섰다'는 표지판이었다. 가장 두려워하던 상황이었다.

*

"테이프 갈고 갈게요~. 십 분간 쉬겠습니다."

테이프가 다 돌자, 피디는 잠깐 쉬는 시간을 갖겠다고 큰 소리로 외쳤다. 무영은 그대로 그 자리에 얼어붙어 있었다. 피디의 말과 함께 방청객들은 긴장을 풀고 의자에 비스듬히 앉거나 다리를 꼬고는 저마다 옆 자리에 앉은 친구와 수다를 떨기도 했고, 방송국 측에서 나눠준 가벼운 간식을 먹기도 했다.

녹화는 막 두 시간을 넘긴 상황이었다. 이제 겨우 반쯤 했을까. 그런데 무영은 벌써 몇 주치의 감정을 다 쓴 기분이었다. 당장 집으로 달려가서 침대에 눕고 싶었다. 불을 끄고, 양쪽 귀에 이어폰을 꽂고, ASMR을 틀고, 이불에 몸을 파묻은 채 노곤하게 잠이 들었으면 좋겠다고 생각했다. 지금 무영의 주변은 지나치게 시끄럽고, 지나치게 밝았다.

아이돌 그룹 블랙 섀도우는 카메라가 꺼지자 얼굴에 웃음기를 싹 지우고 기지개를 켰다. 그러고 나서는 무영에게서 아예 등을 돌린 채 진행자에게만 눈을 맞추고 말을 걸었다. 좀 전까지 무영에게 상냥하게 웃어주고 따뜻하게 말을 걸어주던 모습은 온데간데없었다. 그들에게 그림자가 없는 무영은 이미 다신 못 볼, 아니 안 볼, '찌질이'에 불과했다.

블랙 섀도우의 리더는 지난밤에 소속사 대표에게 진행자의 라인만 잘 타면 다음 예능의 섭외는 문제없을 거라는 이야기를 전해 들은 참이었다. 소속사 대표가 한 달 전부터 특별 교육을 해준 덕에 멘트까지 잘 끝냈으니, 진행자 형의 눈에 조금만 들고, 그 라인을 잘만 타면 인지도는 생각보다 손쉽게 얻을 수 있을 것이었다. 그래서 더 적극적으로 진행자에게 말을 걸었다. 오늘 날씨가 어떻고, 그렇죠, 하하. 하고 어색하게 호응해주며. SNS에 '우리를 정말 잘 챙겨주시는 우리 형과 함께 셰.메. 녹화장에서♥'라는 멘트와 함께 올릴 사진도 그들끼리 찍었다. 그 덕에 무영은 더 본격적으로 혼자가 되어버렸다.

무영은 보이지 않는 벽에 둘러싸여서는 여전히 시끄러운 마음속에 외딴 섬처럼 갇혀 있었다. 이 정도 했는데도 안 되는 거면 포기하는 것이 맞는 건가. 정말 나는 맞지도 않는 일을 가지고 해보겠다고 매달리고 있는 거였을까. 그동안 나는 뭐였을까. 그런 꿈, 어차피 없는 게 나았을까. 그랬다면 지금쯤 그림자가 있었을까.

나도 다른 친구들처럼 어딘가에 취직해서 금요일 저녁이면 마음 편하게 치킨과 맥주를 시켜놓고 무슨 영화를 볼지 생각하거나 주말엔 브런치 카페에서 한가로이 수다를 떨 수 있는 생활을 할 수 있었을까. 파티션으로 나뉜 공간에 앉아서 모니터를 열심히 바라보고 엑셀을 보다가, 또 상사에게 이것저것 지적을 당하면서 전보다 더 짙은 그림자가 생기고, 힘들지만 그래도 매달 통장에 찍히는 금액을 보며 '그래도 이 정도면 됐다' 하는 생각에 또 새로운 그림자를 만들고 그랬을까. 내가 여태껏, 지나치게 낙관적으로 '언젠가는 된다'는 마음으로 살았던 걸까.

무영의 주위에는 온통 시끄러운 소리뿐이었다. 방청객이 떠드는 소리, 방송국에서 나눠준 작은 떡을 쩝쩝대며 씹는 소리, 작가가 다음 대본을 확인하며 피디와 함께 상의하는 소리, 블랙 섀도우와 진행자가 판에 박힌 예의를 차리는 목소리로 서로 작위적인 칭찬을 하는 소리. 모두들 누군가와 이야기하고 웃고 떠들고 있었다.

무영만 혼자였다. 다들 무영에게 이러쿵저러쿵, 넌 이것이 되어라, 아니 저것은 하지 마라 말은 했지만, 정작 무영이 아무 소리도 없이 주변의 소음과 싸우며 진정 괴로워하고 있을 때 손 내밀어주는 사람은 아무도 없었다.

모두들, 그런 거지. 책임은 지기 싫고, 참견은 하고 싶은. 실상은 내가 무엇이 되어도 아무도 신경 쓰지 않을 거면서. 내가 그들의 말대로 해도, 또 그들의 말대로 하지 않아도, 그들에게는 별로 중요한 문제가 아닌 거지. 그냥 이게 좋다더라, 저게 좋다더라 하며 참견을 하고 싶었던 것, 그런 거였다. 그 와중에 받는 상처는 오롯이 무영의 몫. 시끄러운 와중에, 무영은 오롯이 혼자였다.

ASMR이 듣고 싶었다. 조용한 가운데 비닐을 부스럭거리는 소리, 마시멜로가 입 안에서 푸스스 녹는 소리, 나무판자를 손톱으로 달그락 달그락거리는 소리, 귓바퀴를 만져주는 소리. 무영에게만 제공되는, 오로지 무영을 감싸주기 위해 존재하는 그 소리가 지금 당장 필요했다.

*

"다시 촬영 들어가겠습니다. 블랙 섀도우 멘트 받는 진행자 멘트부터 갈게요, 스탠바이 해주세요!"

다시 부스럭, 부스럭. 모두 제자리로 돌아가는 소리가 무영의 주위를 감싼다. 무영은 처음부터 그 자리에 그대로 있었다. 움직일 필요도 없이 우두커니. 아무도 무영에게 신경 쓰지 않았다.

"진행자 멘트 가겠습니다. 스탠바이, 큐!"

큐 사인이 떨어지고 무영은 고개를 숙였다. 진행자는 경쾌하게, 그렇지만 너무 경쾌하지는 않게 멘트를 시작했다.

"네, 지금 인기 최정상을 누리고 있는 우리 신예 아이돌 그룹 블랙 섀도우에게 이런 따뜻한 면까지 있는 줄은 몰랐네요. 오히려 그런 시간들이 있기 때문에 지금 블랙 섀도우가 이렇게 성공할 수 있지 않았을까 생각이 듭니다."

진행자가 고개를 끄덕이며 말한다.

"성공의 뒤에는 역시 뼈를 깎는 고통과 그에 맞는 노력이 있었네요."

진행자의 멘트가 끝나기도 전에, 방금까지 그와 웃으면서 살랑살랑 이야기하던 블랙 섀도우 멤버들은 서로 손을 잡았다. 그중에는 고개를 숙이고 눈물을 훔치는 동작을 하는 멤버도 있었다. 약간 훌쩍이는 소리가 마이크에 잡혔다. 무영에게도 그 소리가 들리지 않을 수가 없었다. 오디오 감독은 그 멤버의 마이크 볼륨을 높이라고 지시했다. 약간의 훌쩍임 소리가 조금 더 크게 들렸다.

"저희는 정말로 그렇게 생각합니다. 우리 무영 씨도 조금만 더 힘든 시간을 버티신다면, 잘될 거예요. 저희는 그렇게 믿습니다."

블랙 섀도우의 멤버 중 하나가 무영을 향해 싱긋 웃어 보이며 말했다. 무영은 얼핏 고개를 들었다가 그와 눈이 마주치고 화들짝 놀랐다. 겉으로 티를 내지는 않았지만 순간 그의 얼굴이 무섭게 느껴졌다.

"우리 그러면, 나머지 영상을 보고 이야기해보도록 할게요. 보여주시죠."

*

그동안 영상은 출연자가 얼마나 집에 틀어박혀 살고 있는지, 혹은 바깥에서 나돌며 시간을 낭비하고 있는지를 주로 그렸다. 어른들은 그런 아이들을 보고 혀를 끌끌 차기를 좋아했다. 우리 때는 그러지 않았어. 어떻게든 악착같이 살아내려고 노력을 했지. 저게 다 배가 불러서 그래, 배가 불러서. 말을 하고 나면 으쓱해지는 기분이 들었다. 빛을 받으면 자신의 뒤에 멋지게 비춰지는 그림자가 여간 자랑스러운 것이 아니었다. 자신이 얼마나 고생해서 이 자리까지 왔는지, 이 그림자가 모든 것을 말해준다고 생각했다.

언제부터인가 사람들은 그림자가 없는 사람들을 '열심히 살지 않는 사람'이라고 매도하기 시작했다. 혐오할 거리가 생긴 사람들은 서로 똘똘 뭉치기 마련이다. 사람들은 곧 그림자가 없는 사람에 대해 맹렬한 비난을 퍼부었다. 사회는 그림자가 없는 사람들에게 '꿈이 없고, 이리저리 부딪쳐 보지 않은 사람'이라는 꼬리표를 붙여 놓았고, 때문에 그림자가 없는 사람들은 여기저기에서 미움을 받았다. 그 과정에서 그림자가 생기는 사람도 적지 않았다.

사회에서 그림자가 없는 사람들을 '열등'의 주머니에 넣고 흔들어댈수록, 그림자를 가진 사람들은 여태껏 자신이 가지고 있는 것들을 누리기 위해 얼마나 많은 것들을 포기해왔는지 자랑하기를 좋아했다. 산낙지와 주꾸미 볶음, 어묵탕을 파는 포장마차에 가면 넥타이를 맨 아저씨들이 서너 명씩 모여 소주잔을 기울이며, 자신의 그림자가 어떻게 생겼는지 자랑하는 것은 흔히 볼 수 있는 보편적인 한국인의 일상이 되었다.

정확히 과학적으로 밝혀진 바는 아직 없지만, 학계에서는 그림자가 '다양한 경험'을 토대로 만들어진다고 추정했다. 정확히 말하자면 '다양한 사회적 경험을 통해 실패하고, 극복하는 과정' 속에서 그림자가 만들어진다는 것이었다. 따라서 그림자를 만드는 과정은 실패를 전제하기 때문에 불가피하게 고통을 수반한다고 학계는 추측했고, 모든 이는 그것을 진리처럼 여기고 있었다.

사람들은 그 고통을 마치 젊은이의 상징, 청춘의 증거처럼 여겼다. 아프지 않다면 진정한 성인이 되지 않는다며, 고통을 일종의 성인식쯤으로 여겨버리기 시작했다. 청춘이라면 누구나 아파야 했고, 그래야 온당했고, 아프지 않은 청춘은 게으른 것으로, 제 역할을 다하지 못하는 것으로 여겨졌다.

이것이 신인류의 그림자 행태였다. 그림자가 없는 아이들에게 너는 더욱 아파야 한다고, 얼굴을 바짝 앞에 대놓고 고통을 종용하는 것이 너무도 자연스러운, 또 그것이 진정 아이를 위하는 일인 것이 되는, 그런 사회였다.

*

영상 속에는 긴장이 좀 풀어진 듯한 편안한 표정의 해은이 있었다. '무영 양의 꿈에 대해 어떻게 생각하세요?'라는 자막이 나오고 해은은 기다리고 있었다는 듯 눈을 반짝이며 작가를 향해 말했다.

"무영이는 진짜 어렸을 때부터 꿈이 확실한 친구였어요. 한 번도 흔들린 적이 없다니까요. 걔가 선택하는 하나하나의 기준이 다 그 꿈이었어요. 대학도 그래서 거길 갔을 걸요, 아마?"

무영의 대학은 실제로 배우를 많이 배출한 학교였다. 중학교에 다닐 무렵 무영과 해은은 나란히 앉아 초록색 검색창에 '배우가 되는 법'을 쳤고, 초록색 지식인의 답변은 '그 학교에 가세요'라고 특정 학교를 지명했더란다. 그 뒤부터 무영의 꿈은 오로지 그 학교에 진학하는 것이었다. 그 대학

내에서 배우를 배출하기 위해 특별한 교육을 실시한 것은 아니라 했지만, 무영은 여전히 그 학교를 가고 싶어 했고 어떻게든 성적을 올려 지원해 합격해냈다. 중고등학교 시절의 무영은, 배우가 되기 위해 악착같이 공부를 하는 방법으로 배우가 되겠다는 꿈을 위해 노력했다.

"그리고 제가 봤을 때도 무영이는 잘할 것 같았어요. 어렸을 때부터 쭉 봤는데 목소리도 괜찮았구요, 나서서 하는 것도 좋아하는 것 같았어요. 발성 연습한 거 보내준 적도 있는데, 진짜 배우처럼 새로운 목소리가 나와서 깜짝 놀랐던 기억이 있어요. 저는 여태껏 꿈도 여러 번 바뀌었고, 그동안 제 꿈에 대해 헷갈리고 포기한 적도 많았는데, 어렸을 때부터 한길만 파고 쭉 달려오는 게 진짜 멋있었어요."

해은은 정말 평소대로 말했다. 그리고 정말로 해은은 그렇게 생각하고 있었다. 진심으로 무영의 목소리가 좋았다고 느꼈고, 그 정도면 충분히 극에서 자신의 목소리를 내는 배우가 될 수 있을 거라고 생각했다. 무영이 오디션에 지원하고 떨어져서 잔뜩 풀이 죽어 있을 때마다, 해은은 자신이 무영에 대해 가진 생각을 말해주곤 했다. 해은이 그렇게 말해주는 것을 들으면서 무영은 오래도록 자신이 왜 이 꿈을 가지게 됐는지 생각했고, 다시 힘을 냈다. 그들은 좋은 친구였다.

사실, 대체로 사람들은 배우를 준비하는 무영을 응원해줬다. 무영이 가끔 제대로 되지 않는다고 느끼고 슬럼프에 빠져서 기죽어 있으면, 무영이 배우를 준비하는 것을 아는 이들은 너라면 할 수 있다고, 네가 아니면 누가 배우를 하냐면서 무영에게 힘을 줬다. 이따금 네 얼굴로 무슨 배우를 하냐는 소리를 듣긴 했지만, 그런 사람들을 대신 욕해주는 다른 사람들이 훨씬 많았기에 무영은 다시 일어나서 도전할 수 있었다.

그래서 무영은 더 억울했다. 다 나한테 된다고 했는데, 조금만 더 참고 노력하면 될 거라고 말해줬는데, 왜 나는 그대로 그 자리에 멈춰서 아무것도 아닌 채로 하릴없이 숨만 쉬는 사람이 되어버린 거지, 하고.

*

영상엔 다시 부모님의 얼굴이 비췄다. '딸의 꿈에 대해 어떻게 생각하세요?'라는 자막이 다시 한 번 나왔다. 부모님은 여전히 긴장된 얼굴이었다. 왠지 모를 어색함이 화면에 가득했다. 무영의 어머니는 여전히 손을 모은 채 손가락을 꼼지락거리고 있었고, 무영의 아버지는 약간은 경계하는 눈빛을 하고 카메라 초점을 약간 벗어난 곳을 보고 있었다.

"어렸을 때는 목표가 있다는 것으로 좋았죠. 공부를 하는데 있어서 굉장히 많이 동기 부여가 되는 것 같아 보였으니까요."

무영의 어머니가 말했다.

"괜찮다고 생각했어요. 그런데 점점 시간이 지날수록 뭔가 아닌 것 같다는 생각은 하긴 했어요. 솔직히 우리 딸이 그렇게 외모가 뛰어난 편은 아니잖아요? 물론 저한테는 너무 예쁜 딸이지만……."

"흠흠."

무영의 아버지가 헛기침을 했다. 그런 식으로 눈에 보이는 비판은 하지 말라는 무언의 메시지였다. 그들은 무영에게 한없이 모든 것을 베푸는 부모로 보이기를 원했다. 할 수 있는 최선을 했음을 알리고 싶었다. 무영의 아버지가 보내는 메시지를 알아들은 무영의 엄마는 눈을 두어 번 깜빡인 뒤 다시 말을 이어갔다.

"여태껏 모두 잘해온 딸인데, 자꾸 실패만 거듭하다 보니까 저희는 그게 너무 안타까운 거죠. 너무 많은 실패를 했어요. 그것도 뻔히 이유가 보이니까, 저희는 더 말리고 싶은 심정이에요."

"또, 그리고 불안정하지 않습니까? 요즘 같은 시대에. 무조건 안정성을 택해야 해요, 특히나 여자는."

무영의 아버지가 말을 시작했다.

무영의 아버지는 무영이 공무원이 되길 원했다. 무영에게 공무원이 되라고 추천한 것도 그였다. 하는 일이야 적성에 맞든 안 맞든 일단은 안정적이고 편하니까, 그러니까 여자에게는 딱 적합하다는 이유였다. 그런 곳에 떡하니 합격을 해놓으면 부모도 안심할 수 있다며, 무조건 공무원 시험 합격이 부모에게 효도하는 것이라는 말을 무영의 귀에 딱지가 앉도록 반복하던 아버지였다. 공무원이 되라는 것은 사실 누구보다 딸이 공정하고 안정적인 환경에서 일할 수 있었으면 좋겠다는 아버지의 마음이 담긴 생각이었지만, 그는 그것을 서운하지 않게, 또 오해가 생기지 않게 표현하는 법을 알지 못했다.

때문에 무영은 아버지의 잔소리가 서운했다. 단지 여자니까 공무원이나 하라는 것처럼 들렸기 때문이다. 내가 하고 싶은 것이 있는데, 왜 그것을 인정해주지 않고 내 미래를 정해버리는 건지. 내가 하겠다는데, 할 수 있다는데 왜 나서서 반대하는 건지. 무영은 도저히 알 수 없었다. 도전하기 전부터 이미 실패가 내정되어버린 것 같아서 더 속상했다.

나이가 들수록 부모님 말씀이 하나 틀린 것이 없다는 것을 알면서도 무영은 무작정 부모의 말을 따를 수가 없었다. 그만큼 오래 꿈꿔왔기에, 이대로 포기해버리라는 말은 지난 이십 몇 년을 한꺼번에 포기해버리라는 말과 다름없었다. 그것은 한 번도 생각해본 적 없는 일이었다. 인간은 알지 못하는 것에 가장 공포를 느끼는 법이다.

"우리는 정말로 무영이가 앞으로 행복한 삶을 누렸으면 좋겠어요. 그게 전부입니다."

그리고, 또다시 페이드아웃.

*

무영은 피곤했다. 생각해보니 이야기는 다시 원점이었다. 여태껏 하고 또 했던 이야기를 다시 반복해야 한다는 사실에 스트레스가 밀려왔다. 방 안에 있는 침대가 간절했다. 이어폰을 양쪽 귀에 나눠 꽂고 가장 좋아하는 ASMR을 틀고 한숨 푹 자고 싶었다. 갑자기 후욱 몰려오는 피로에 무영은 길게 눈을 감았다가 떴다. 당장 여기를 벗어나고 싶다고 생각했다. 잠깐 동안의 정적 후에, 날카로운 목소리가 들렸다. 무영은 정신을 다시 잡고 소리가 나는 쪽을 바라봤다.

“이 영상에서 문제점이 딱 보이네요. 우리는 무영 양의 재능에 대해서 이야기해봐야 할 것 같아요.”

날카로운 목소리는 구임자였다. 그녀는 영상을 보며 대본에 이리저리 메모를 한 모양이었다. 메모가 대본에 빽빽이 들어차, 거뭇거뭇할 지경이었다. 멀리 앉아 대본에 있는 내용까지 알아보진 못했지만, 무영은 거뭇한 대본을 보며 저 종이에 어떤 말들이 적혀 있는 걸까 겁부터 났다.

무영은 진즉부터 여기 나온 것을 후회하고 있었다. 자신을 알아주고 인정해줄 사람이 필요해서 나온 거였는데, 결국 이곳은 무영의 허점과 약점을 찾고, 잔뜩 날을 세워 ‘넌 못났어! 못났어! 못났어!’ 하며 그 부분을 마구 찌르는 것 같았다.

그리고 구임자는 실제로 그러려고 하고 있다. 사실 무영의 이야기는 그리 중요하지 않았던 거다. 무영이 가지고 있던 꿈을 포기하고 그림자가 생기는 결말은 이미 정해져 있었다. 무영은 어떤 표정을 지어야 하나, 어떤 행동을 보여야 하나 초조해지기 시작했다.

“우선, 무영 양의 실력이네요. 그동안 많이 노력했다고 생각했죠, 무영 양? 그런데 보니까, 개인적인 생각으로는

요, 소질이 많이 없는 것으로 보이는데요. 무영 양은 어떻게 생각하시죠?"

첫 번째 공격. 무영은 얼떨떨하다.

"네, 어…… 실력이 없……다기보다 아직 많이 부족하다는 걸 알고 있어요. 그래서 더 노력하려고…… 하고 있습니다."

긴장감에 무영은 저도 모르게 자꾸만 말꼬리를 흐리며 떨고 있었다. 구임자는 그런 무영을 쉽게 알아채고 다시 공격에 들어간다. 그녀에겐 삼 년간 매주 해온, 일상적이고 익숙하며 반복적인 상황이다.

"으흥, 그놈의 노력, 노력. 지금 무영 양은 노력하고 있다고 하면서 전혀 하는 게 없잖아요? 게다가 지금 이 정도 상황에서도 긴장하고 떠는 것 같은데, 위기 대처 능력이 필수적인 배우가 될 수 있겠어요? 무영 씨처럼 잘 긴장하고 떠는 체질은 좀 더 안정된 분위기에서 하는 일이 맞을 것 같은데."

구임자가 눈을 살살 굴리며 무영을 본다. 무영은 아랫입술을 깨물었다. 맞는 얘기였다. 무영은 입술을 잘근잘근 깨물며 어떤 말을 해야 할지 고민했다. 항상 순발력이 부족한 것 같아 고민했다. 몇 백만 원 하는 학원을 다니면서 수업을 들을 수는 없으니 차라리 예능을 즐겨 보고, 유명한 개그맨들이 어떤 상황에서 어떻게 대처하는지 늘 메모까지 곁들여 공부했다. 약점을 들키니 정곡을 찔린 느낌이었다. 무영은 초조했다. 그런 무영을 보고 구임자는 기세를 몰아갔다.

"그리고 실력이 된다면 아마 벌써 뭔가 되어 있지 않았을까요? 그것도 아니니 경제력이 뒷받침된다면 좋을 텐데, 부모님께 막 손 벌릴 자신도 없는 것 같아요. 그쵸? 그랬다면 사진도 더 찍고, 학원도 더 다니고 했을 텐데요. 그런데 그러지도 못하구요. 그래서 그런지 지금 무영 양은 다른 사람에 비해서 나은 점이 하나도 없어 보여요. 나라도 무영 양을 안 뽑을 거예요."

이쯤 되니 너무하다는 눈빛이 방청객석에서 새어나왔다. 방송으로 보면 좋아할 것들이, 출연자 앞이라고 괜히 편드는 척을 한다고 구임자는 생각했고, 오히려 더 세게 나갈 작정을 했다.

피디는 무영의 얼굴을 클로즈업해 화면에 담았다. 부들부들 떨리는 입술이 화면에 잡혔다. 초점을 잃은 눈은 바닥을 좌우로 훑으며 좀처럼 멈출 줄을 몰랐다. 무영의 아랫입술이 이에 찢겨 피가 났다.

무영이 입술을 잘근잘근 씹는 것을 보며 김 작가는 안도했다. 처음으로 섭외한 다른 유형의 '그림자가 없는 사람'이었다. 출연자를 비난하고, 고통을 주고, 그로 인해 그림자를 만드는 것이 주요 골자인 프로그램의 특성상 출연자의 잘못이 극대화될수록 시청률은 올라갔다. 얼마나 '답이 없는' 출연자를 골라내는지, 그리고 얼마나 자극적인 언행을 일삼는 출연자를 섭외하는지가 시청률의 관건이었다.

이번은 지금까지의 출연자와 확연히 다른 유형의 인물이었다. 무영은 착실히 중고등학교를 좋은 성적으로 졸업한 모범생이었다. 딱히 잘못한 것은 없었고, 다만 작가 스스로가 생각하기에 문제는 '길을 잘못 선택했다'는 것뿐이었다. 그런 무영에게도 비난의 목소리가 거세질 것인지에 김 작가는 반신반의했다. 그런데 지금, 작가는 잭팟을 터트린 기분이다. 방청객의 반응만 봐도 술렁술렁한 것이, 이번도 성공이다.

구임자도 김 작가와 같은 생각이었다. 오늘도 성공했다는 생각에 뿌듯함이 절로 밀려왔다. 역시 구임자 인생에 실패란 없다고 생각했다. 스스로가 너무 자랑스러워 미칠 지경이었다. 구임자는 김 작가와 눈을 맞췄다. 김 작가는 고개를 끄덕거렸다. 구임자는 '거의 다 됐다'며 김 작가를 향해 입꼬리를 올려 웃음을 보여줬다.

"그리고, 마지막 한 가지 더요."

온 시선이 다시 구임자에게 집중됐다. 술렁거리던 방청객도 구임자가 다음에 무슨 말을 할지 집중했다. 구임자는 이렇게 집중을 받는 순간이 너무 좋았다. 도도하게 다음 말을 이어갔다. 이번에 나올 말은 아주 직격타여야 한다고 그녀는 생각했다.

"솔직히 말해서요, 무영 양은 아주 기본적으로요, 외모가 배우감은 아닌 것 같다는 생각이 드네요."

구임자가 무영에게 진심으로 미안하다는 표정을 지으며 말했다.

"배우는 방송의 꽃이라고 불릴 만큼 외모도 중요한 게 사실이잖아요. 그런데 좀…… 그럴 만한 외모는 아닌 것 같다는 생각이 들어요, 저는 말이죠."

구임자가 무영의 얼굴을 천천히 훑으며 말끝을 늘였다.

"솔직히 처음 봤을 때부터 우와, 하고 감탄할 미모는 아니라고 생각은 했어요. 저에게도 그런데, 오디션 담당자들의 눈에는 어떻겠어요? 외모가 중요한 직업에, 무영 양이 너무 욕심을 부리고 있는 건 아닐까……그런 생각이 드네요."

구임자가 어깨를 으쓱거렸다.

"사람은 하고 싶은 것보다 할 수 있는 걸 해야죠."

작가는 미리 준비해놓은 화면을 스크린에 띄웠다. 배우

를 준비하는 무영의 프로필 사진들이었다. 구임자는 그 사진들을 보며 혀를 끌끌 찼다.

방청객이 다시 술렁이기 시작했다.

*

무영은 그동안 어떤 이야기를 들어도 극복해온 캔디형 인물이었다. 그런데, 그 널찍한 무대에서, 많은 사람들 앞에서, 전문가라는 사람으로부터 들은 말은 무영의 가슴 깊이 박혔다. 나만 받아들이면 되는 건데, 그걸 못하고 있었구나, 생각이 들자 순간 더 고집을 부려볼 용기를 잃게 되었다.

그때 무영은 자신의 내면에 있던 실 같은, 얇고 달랑달랑한 끈이 뚝, 끊어지는 느낌을 받았다. 노력도 안 하고, 실력도 없으며, 경제력도 받쳐주지 못하고, 부모님께 손을 벌릴 용기도 없으며, 심지어 외모도 안 된다는 결론을 무영은 이제야 조금씩 받아들이고 있는 중이었다. 혼란스러워하는 무영에게 스포트라이트가 비춰졌고 그 순간, 무영의 뒤편에 옅은 회색 그림자가 생겼다고 한다.

3
태풍의 눈 한가운데

방송이 나간 직후부터, 무영의 이야기는 연일 화제를 낳았다. 인터넷상에서는 무영의 그림자가 생기는 순간을 담은 동영상 파일이 유행처럼 퍼져갔고, 무영의 이야기를 다룬 인터넷 뉴스에는 누리꾼들의 댓글이 몇백 개씩 달리곤 했다.

방송을 본 누리꾼들의 반응은 그야말로 가지각색이었다. 혹자는 성인식을 훌륭하게 치러낸 무영에게 격려를 보냈고, 혹자는 고통에 휩싸인 무영의 표정을 웃음거리로 삼았다. 그러면 전자의 사람들은 후자의 사람들에게 그런 식의 태도는 옳지 않다며 댓글을 달았고, 그 댓글을 본 후자의 사람들은 너네는 언제부터 그리 깨끗했냐며 반박을 했다. 그러다 보면 모든 댓글창은 진흙탕 싸움으로 번지기 십상이었다.

텔레비전 평론가들은 그 주의 '섀도우 메이커'를 두고 '부지런히 사는 사람에게 그림자가 없을 리 없다'는 암묵적인 룰을 훌륭하게 깨뜨렸다며 찬사를 보냈다. '섀도우 메이커'의 새로운 출연자 섭외 패턴에, '섀도우 메이커'를 모방한 타 방송국의 그림자 관련 프로그램들은 비상이 걸렸다. 그들은 '우리도 열심히 노력했지만 아무런 성과도 얻지 못한 누군가를 찾아야 하나' 하는 딜레마에 빠졌다.

평론가가 그 주의 섀도우 메이커에 대해 좋은 평가를 내린 데다가, 아류 프로그램들이 자꾸 이것저것을 섞어 방송에 내보내기 시작하자 사람들은 그림자가 없는 사람들에 대한 인식을 바꿔야 하나, 조금은 고민하기 시작했다. 만약 열심히 노력했는데도 피치 못할 사정으로 그림자가 없는 '무영'과 같은 사람들이 있다면, 무조건 비판을 하기보다는 어서 현실을 일깨워주고 그림자가 생길 수 있도록 도와줘야 한다는 사회적인 움직임이 일부 일기도 했다. 그러나 그건 모두 잠깐이었고, 방송 후 한 달 정도가 지나자 다시 그림자가 없는 사람들에 대한 비판은 거세지기 시작했다.

교육계에서는 '무영'과 같은 경우를 최대한 예방할 수 있게끔, 오래도록 하나의 장래 희망만을 가져온 아이들을 대상으로, 너무 늦지 않은 시기에 다양한 직업을 체험해보고 좀 더 깊은 차원의 진로 고민을 할 수 있는 기회를 제공하기 위해, 지금보다 고차원적인 직업 교육을 실시하겠다는 파격적이고 적극적인 방침을 내놓기도 했다. 하지만 그 '오래도록'이라는 기간을 얼마로 잡을 것인지, 수혜 학생의 범위는 어떻게 잡아야 하는지, '고차원적인' 진로 교육은 어떤 프로그램으로 짜야 하는지, 교사 수급은 어떻게 할 것인지, 그리고 예산은 어떻게 확보할 것인지 등의 행정적인 이유들로 실질적인 시행은 구체화되지 않고 지지부진하게 남았다.

한편, 무영의 고통에 함께 가슴 아파해주는 사람도 어딘가에 조금씩 있었다고 하나, 실제로 본 사람은 아무도 없었다고 한다. 어디선가 누군가 분명히 내고 있다는 무영에 대한 응원의 목소리는 무영에게 닿지 못하고 금세 쪼그라져서 얼어붙은 채 소문처럼 인터넷상을 맴돌 뿐이었다.

방청객의 반응을 보고 그 주 방송의 시청률이 잘 나올 것을 미리 예감한 김 작가는 무영과 비슷한 케이스의 대학생들을 섭외하기 시작했고, 간신히 엄 피디의 잔소리에서 해방될 수 있었다. 엄 피디는 예능국장으로부터 칭찬을 받고는 어깨에 잔뜩 힘이 들어가 있었다. 빨간 패딩 점퍼를 껴입고 무서울 정도의 무표정으로 일관하던 그였으나, 최근에는 입꼬리를 씰룩씰룩거리더라는 목격담이 작가들 사이에서 유행처럼 번졌다.

예능국 안에서 '섀도우 메이커'의 명성은 무영의 에피소드를 기점으로 더더욱 높아져만 갔다. 덕분에 구임자와 김 작가는 더욱 돈독한 정을 나누게 되었다. 지난 방송의 최고의 순간을 만들어준 것은 역시 구임자의 한 마디였으므로, 김 작가는 구임자와 단둘이 만나 그녀에게 방송국 앞에 있는 비싼 일식집에서 초밥을 대접했다. 구임자는 눈에 보이는 작가의 진심 어린 칭찬에 호호거리며 초밥을 기분 좋게 입 안에 쏙 넣었다.

*

그렇게 한 달 반이 훌쩍 지나갔다.

모두 바쁘고 정신없이 살아가는 와중에, 웃을 수 없는 사람은 한 사람뿐이었다. 무영은 침대에서 나올 생각을 하지 않았다. 자신의 뒤에서 쫄래쫄래 따라오는 어색한 그림자를 보기 싫어서 온통 어둠 속에 갇혀 살았다. 아무도 만나고 싶지 않고, 아무런 이야기도 듣고 싶지 않았으며, 아무것도 먹고 싶지 않았다. 그래서 방 밖으로 나갈 필요를 거의 못 느낀 나머지, 무영은 계속 침대에 누워 꼼짝하지 않았다. 무영이 방 밖으로 나가는 것은 최소한의 삶을 유지하기 위한 일이 전부였다. 무영은 부모님이 직장에 나가는 순간을 틈타 잠깐 밖으로 나왔다. 방을 나서자마자 커튼을 잔뜩 쳐서 거실과 부엌을 어둡게 만든 후에, 삶은 달걀이나 고구마 같은 것을 속이 덜 쓰릴 정도로만 겨우겨우 조금 먹을 뿐이었다.

녹화를 마치고 난 뒤 잔뜩 기가 죽은 무영을 보며 부모님은 딸을 걱정하긴 했지만, 이 기회에 무영이 마음을 잡고 새 출발을 했으면 좋겠다고 생각했기 때문에 무영을 잡고 따로 이야기를 하진 않고 그냥 내버려뒀다. 일주일이 넘게 지나도 딸이 다시 벌떡 일어날 기미를 보이지 않자, 무영의 부모님은 뭐라도 하라고 잔소리를 하고 싶은 마음이 턱 밑까지 일었다. 마침내 엄마가 한 소리를 하려고 무영의 방 문고리를 잡았을 때, 무영의 아버지는 아내를 말리며 고개를 가로저었다. 혼을 내는 것만이 능사는 아니라고, 우리 다른 방법을 모색해보자며 무영의 아버지는 조용히 아내의 손을 잡아끌었다. 그들은 뭔가 무영을 위한 다른 일을 계획

하기 시작했다.

'섀도우 메이커' 녹화를 위해 방송국에 간다는 연락을 받은 뒤 영영 연락이 끊겨버린 무영 때문에 해은은 속이 타서 남아나지 않을 지경이었다. 처음에는 혹여 자신이 말실수를 해서 무영을 곤란하게 만든 것일까, 본의 아니게 무영에게 상처를 준 것은 아닐까 고민했다. 그러다가 무영의 엄마로부터 무영이 어떻게 지내고 있는지 대충 소식을 들은 후에는 친구를 이해하는 마음에 혼자서 마음을 정리할 시간을 준다고 생각하면서도, 그 기간이 한 달을 넘어가자 슬슬 화가 나기 시작했다.

무영은 일부러 친구의 연락을 받지 않았다. 지금 연락을 받아봐야 좋은 이야기를 해줄 수도 없거니와 지금 당장은 누군가에게 뭔가를 설명하고 이해시킬 기운이 없었기 때문이다. 해은이 점점 화가 섞인 연락을 하기 시작했을 때, 무영은 그런 해은의 마음을 알면서도 연락을 해야겠다는 생각을 하지 못했다. 그 좋던 친구 관계가 점점 멀어지고 있음에도 무영은 아무것도 할 수 없었다.

그즈음 무영은 스스로를 챙기는 일도 하지 못했다. 꽤 간단한 일조차 하지 않아서, 심지어는 샤워 후에 보디로션을 챙겨 바르는 것을 쉽게 잊어버려, 다리와 팔에 하얗게 각질이 일어나기도 했다.

녹화 후 한 달 반, 그리고 방송 후 한 달이 조금 넘게 지난 시점, 사실 무영의 생활은 전보다 훨씬 더 편해지고 있던 참이었다. 더 이상 빌린 의상을 들고 이리저리 뛰어다니며 더 저렴한 메이크업 숍과 사진관을 찾아 발품을 팔지 않아도 되었고, 다이어트 때문에 스트레스를 받으며 먹고 싶은 떡볶이를 참을 이유도 없었으며, 스터디를 한다고 핸드폰을 붙잡고 배를 두드리며 발성이니 연기 연습을 할 필요도 없었다. 프로그램에 출연한 뒤 무영이 하는 일은 '방 안의 불을 끄고 침대에 누워 ASMR을 듣기'가 전부였다. 그냥 아무 생각 없이 ASMR을 들으며 침대에만 누워 있으면 됐다. 무영은 프로그램 출연을 계기로 바쁜 삶에서 해방된 셈이었다.

그런데 그렇게 침대 안에 갇혀서 지금껏 없었던 게으른 생활을 하는 동안, 막상 무영 자신은 살면서 이렇게 바쁜 날을 보낸 적이 없다고 생각했다. 촬영을 하고 나서 무영은 옅은 회색의 새로운 그림자를 얻었고, 드디어 누구 하나 그림자와 관련해 그림자가 있니, 없니 하며 자신에게 왈가왈부하지 않는 삶을 누리게 됐지만, 머릿속이 항상 시끄러워 정신을 차릴래야 차릴 수가 없었다.

기껏해야 두어 달 전에 찍어놓은 것인데도, 예전 프로필 사진 속의 자신이 바깥의 자신에게 말을 거는 느낌이 들어 방 안의 모든 액자는 보이지 않게 푹푹 바닥에 엎어놓았다. 무영 속에 있는 나침반이 방향을 잃은 채 빙그르르 쉼 없이 도는 탓에 무영은 침대 위에 가만히 누워서도 쉽게 현기증을 느꼈다.

인터넷에서는 더 이상 무영의 이야기를 찾아볼 수 없었다. 한 달 반 사이에 무영과 비슷한 케이스가 이미 여러 차례 전파를 탔고, 더욱 자극적인 소재들로 가득 찬 프로그램들 사이에서 무영은 쉽게 잊혀졌다. 여전히 사람들은 방송에서 괴로워하며 그림자를 만드는 젊은이들의 모습을 보며 '참 잘됐다'며 미소를 지었다.

결국 상처를 받고 고통을 받은 것은 무영 혼자였다. 무영이 고통받는 장면만을 사랑한 사람들은 그 후에 무영이 어떻게 고통을 극복해나가는지에 대해서는 아무런 관심을 가져주지 않았다. 더 이상 무영에게 귀 기울여주지 않았다. 무영은 그게 허무했다.

무영은 하루 대부분의 시간을 침대에 누워 아무 생각도 하지 않으려고 노력하면서 보냈다. 엄마에게 특별히 부탁해 구한 암막 커튼을 꼼꼼히 치고 조금의 빛도 들어오지 않게 조심했다. 무영은 새로 생긴 그림자를 볼 자신이 없었다. 생길 거면 좀 예쁘게 생기면 어디가 덧나나, 옅은 회색 그림자는 또 뭐람.

무영은 구임자의 말을 듣고, 자신의 한계를 체감하며 그림자를 만들어냈던 순간을 계속해서 생각했다. 그 바람에 그 장면은 날이 갈수록 선명해지고, 분명해졌다. '생각하기 싫다'고 생각하다 보면, 어쩔 수 없이 그걸 다시 생각하게 되는 이상한 딜레마 때문이었다. 발밑에 이상하게 생긴 거뭇거뭇한 그림자가 생긴 순간은 악몽처럼 잊을 만하면 문득 문득 다시 떠오르곤 했다.

오후 즈음, 그날 하루 아무것도 먹지 않았던 무영은 식탁 위에 올려져 있는 삶은 달걀을 하나 까먹고는 다시 방에 들어왔다. 양심도 없이 고프던 배가 간신히 잠잠해졌다. 무영은 좁은 방을 아무 생각 없이 빙글빙글 돌다가, 침대에 털썩 엎어졌다. 베개에 얼굴을 파묻었다가, 꾸물꾸물 다시 돌아눕고는 천장을 바라봤다.

가만히 누워 귀에 이어폰을 꽂고 ASMR을 들었다. 빵 봉지를 부스럭거리는 소리, 나무판자를 가볍게 두드리는 소리, 잡지를 가만히 넘기는 소리, 마시멜로를 입안에서 푸스스 녹이는 소리. 무영은 그 소리들을 들었다. 귓가에 퍼지는 소리는 무영에게 좋은 꿈을 꾸라고, 한숨 자고 나면 괜찮아질 거라고 위로해주었다.

띵동—

새로운 메시지(642)

ASMR을 켜놓은 화면에 문자가 왔다는 알림이 떴다. 방송 직후부터 핸드폰에는 메시지가 왔다며 하루 종일 진동이 울렸지만 무영은 단 한 통도 확인하지 않았다. 무영의 머릿속은 온갖 생각들로 가득 차 있었다. 한편으로는 지금 답장을 해봤자 좋은 이야기를 못 할 바에야 차라리 없는 사람으로 남는 게 낫지 않을까 하는 생각이었고, 다른 한편으로는 지금 내가 고통스러워하는 것을 보고 자신은 쓸 만하다는 위로를 얻으려는 건지, 아니면 잠시나마 인터넷상에서 유명인이 된 자신에게 아는 척을 하면서 만족감을 느끼려는 건지, 연락을 해온 사람의 진심을 알 수 없다는 식의 생각이었다. 툭 까놓고 말하자면, 무영의 머릿속을 지배하는 생각은 위로를 한다고 해도 그게 진심인지 어떤지는 믿을 것이 못 된다는 불신에 가까웠다.

띵동—

새로운 메시지(643)

가만히 ASMR을 듣고 있는 와중에 또 알람이 울린다. 무영은 베개 옆에 놓아두었던 핸드폰을 들어 액정을 켜본다. 아이쿠, 그새 메시지가 643개나 와 있다. 방금 전에 온 연락은 해은이었다.

차해은(142)

야. 너 진짜 너무한 거 아니야? 이거 보면 전화 좀 해. 너 진짜 나빠.

무영은 미리보기 창으로 해은의 메시지를 읽었다. 메시지를 읽지 않았을 때 표시되는 '1'을 굳이 지우고 싶지 않았다. 그래서 해은이 보낸 이전의 141개의 메시지도 보지 않은 채 그냥 내버려뒀다. 역시 안 읽고 메시지를 씹는 것이 읽고 씹는 것보다 낫겠지, 그나마 해은에게는 미안하다는 생각이 약간 들었지만, 딱 거기까지였다. 아직까지는 스스로가 힘든 것이 더 컸다. 답장을 해서 무슨 말을 해야 할지도 모르겠고, 이래저래 별로 말하고 싶지 않았다.

그리고 쭉 메시지를 내리다가 지역 번호가 02로 시작하는, 알 수 없는 번호로부터 온 문자가 있음을 발견했다. 무영은 그 문자를 눌러 내용을 읽었다.

[WEB]
안녕하세요, 3년 연속 공무원 합격률 1위! 쿠피도 이그잼 학원입니다.

허무영 님,
등록하신 '합격을 향해 내 맘대로 골라 듣는, 1년 풀 패키지' 강의는 신청하신 1월 25일로부터 1년간 유효합니다.
2월 2일 월요일 본원 506호에서 진행되는 강의부터 들으실 수 있으며, 오전 9시 30분부터 강의가 진행될 예정이오니, 교재는 본원 3층에서 미리 따로 구입해주시길 바랍니다.
합격의 그날까지 언제나 쿠피도 이그잼이 함께하겠습니다. 감사합니다.

—쿠피도 이그잼 학원

'이게 뭐지?' 야금야금 풀을 베어 먹는 애벌레의 심정으로 무영은 글자를 한 글자씩 소화시키듯 읽었다. 그랬는데도 멍한 기분이 들어 도저히 문자의 내용이 잘 이해가 가지 않았다. 검은 것은 글자요, 하얀 것은 바탕일 뿐, 내용이 머릿속에 쉽게 입력되지 않았다. 천천히 무영은 귀에 꼽았던 이어폰을 한 손으로 빼고 부스스 몸을 일으켰다. 그 바람에 핸드폰에 재생되고 있었던 ASMR은 일시 정지됐다.

번호를 누가 잘못 적었나, 생각하다가도 문자의 첫머리에 분명하게 쓰여져 있는 자신의 이름에 무영은 고개를 갸웃거렸다. 공무원 학원이라니, 도무지 알 수 없는 이야기다. 이 학원에 등록을 한 적도 없을 뿐더러, 심지어 학원의 이름조차도 처음 들어보는 무영으로서는 자신에게 왜 이런 문자가 왔는지 알 길이 없었다. 무영은 완전한 타인으로부터의 갑작스런 연락을 받고는 한참 동안 침대에 상체만 일으킨 채로 멍하니 앉아 있었다. 그렇게 한참이 지난 후에, 일단은 어떻게 된 건지 알아봐야겠다는 생각으로 통화 버튼을 눌러 그 번호로 전화를 걸었다.

신호가 두어 번 울리자, 핸드폰 저편에서 피곤에 찌들었으나 상냥한 척 연기하는 여자의 목소리가 들렸다. 그동안 혼자 공부한 것이 있어서인지 무영은 연기톤을 누구보다 잘 알 수 있었다. 전화기 너머에서 여자가 어떤 표정을 짓고 있을지 괜히 궁금해졌다. 여자는 전화를 받고 "네, 합격률로 보답하는 쿠피도 이그잼 학원입니다. 무엇을 도와드릴까요?"하며 기계적인 인사를 건넸다. 오랫동안 누군가와 대화하지 않았던 무영은 상담원의 상냥한 목소리에 어떻게 반응해야 할지 까마득한 기분이 들어, 저도 모르게 말을 더듬었다.

"아…… 네……. 그, 저, 제가 학원에 등록을 한 적이 없는데 안내 문자가 와서요."

"이름이 어떻게 되시죠?"

상담원이 아까보다 날이 선 듯한 목소리로 말했다. 갑자기 생긴 민원에, 그것도 말을 더듬는 느림보 고객의 등장에 스트레스를 받는 모양이었다.

"허……무영입니다."

무영은 왠지 잘못을 저지르고 있는 것 같은 느낌이 들었다. 이름을 듣고 혹여나 나를 알아보진 않을까, "거 지금은 그림자가 잘 있나요?" 따위의, 실례되는 안부를 듣게 되진 않을까 걱정했다. 다행히도 전화기의 반대편에 있는 상담원은 남에게 정성스런 관심을 쏟을 여유가 있어 보이지는 않았다. "잠시만요"라고 말하며 이내 타자를 조금 세게 탁, 탁 치더니, '딸깍' 소리가 들리게 수화기를 다시 들고, "아, 찾았어요. 부모님께서 등록하셨네요."라고 말했다. 상담원은 이런 상황에 꽤 익숙해져 있는지, 무영이 제대로 대답할 시간을 주지 않고 기계적으로 답변을 이어나갔다.

"학원에 본인이 등록한 것이 아니시기 때문에 혹시 수강 변경을 하시려면 본인께서 직접 본원 방문을 해주셔야 합니다. 이 점은 등록 시 미리 사전 안내드린 부분이구요, 강의 시작 일주일이 지났기 때문에 환불은 불가합니다. 수강 기간을 일정 기간 좀 미뤄둘 수도 있으니, 그런 경우도 생각해보세요. 혹시 더 궁금하신 점 있으신가요?"

상담원이 물었다.

뭘 알아야 질문도 하는 법이다. 무영은 머릿속에 다만, '지금 나는 등록이 되어 있는 상태고, 부모님이 학원을 등록하셨다'는 내용을 이해하기 바빴다. 무영은 이내 "아니요"라고 말했고, 무영의 대답이 떨어지자마자 상담원은 "네, 그럼 좋은 하루 되십시오. 지금까지 쿠피도 이그잼 학원 상담원이었습니다." 하고 말하며 굉장한 속도로 전화를 끊었다. 상담 내내 들은 중 가장 밝은 목소리였다.

상담원과의 짧은 통화를 끝내자마자 무영은 곧바로 엄마에게 전화를 걸었다. 뚜르르르 하는 통화 대기음이 꽤 오랫동안 울렸다. 늘 이런 식이다. 더 신호가 가지 않고 끊기자,

무영은 다시 통화 버튼을 누르고 참을성 있게 통화 대기음을 가만히 듣고 있었다. 일곱 번쯤 울렸을까. 엄마가 “수업 중이다, 나중에 얘기하자”는 말을 하고는 상담원만큼이나 빠르게 전화를 끊었다. 무영은 또 참을성 있게 엄마가 다시 연락을 해올 때까지 기다렸다.

몇 시간을 침대에 앉은 상태로 가만히 기다렸지만 그날 엄마로부터 다시 연락은 오지 않았다. 다만, 평소보다 조금 일찍 퇴근을 한 엄마가 곧장 무영의 방으로 왔다. 똑똑, 노크를 한 엄마는 조심스럽게 무영의 방문을 열고, 무영과 눈을 맞췄다. 그때 무영은 엄마의 얼굴에서 꽤 낯익은 표정을 읽을 수 있었다. 엄마가 무엇인가 무영이를 타이를 때면 항상 짓던 표정이었다. 엄마는 ‘좋은 선생님’의 면모를 충분히 발휘할 준비가 돼 보였다.

“무영아.”

엄마가 무영을 나직한 목소리로 불렀다. 무영은 엄마의 시선을 피하고 싶었으나, 엄마는 무영이 눈을 마주칠 때까지는 이야기를 시작하지 않을 모양이었다. 잠깐 동안의 정적이 흐르자 무영은 어쩔 수 없이 엄마를 바라봤다.

엄마가 살짝 열어놓은 방문 틈 사이로 거실의 불빛이 보였다. 엄마는 불빛을 등지고 있었고, 무영은 그 불빛을 정면으로 바라보고 있었다. 그 때문에 엄마의 표정이 제대로 보이지도 않았고, 지금 제 뒤에 그림자가 생겼을지도 모른다는 불안감이 들었다. 무영은 어렴풋이 다시 무대에 섰던 그때를 떠올렸다.

"무영아, 엄마가 오래 생각을 해봤어."

무영이 엄마의 눈을 마주치자 엄마가 스르르 입을 뗐다.

"지금 그림자를 만들고 한 달 반이 더 지났잖아? 엄마는 이쯤이면 마음을 어느 정도 충분히 정리할 시간이 됐다고 생각하는데, 무영이는 어떻게 생각하니?"

"……."

무영은 아무 말도 하지 못했다. 또 나왔다. 저 지긋지긋한 '나 대화법'. '너'보다 '나'를 주어로 말하면서 상대방으로 하여금 비난받는 느낌이 들지 않게 하고, 스스로 생각하는 시간을 주게 한다는 저 대화법. 좋은 교사의 대화법이라며 대학의 어느 교양 강의에서 배웠을 때, 무영은 지난날 자신이 들어왔던 엄마의 대화법이 생각나, 허탈함에 속이 뻥 뚫리는 느낌이 들었다. 당해본 사람만이 안다. 사실은 앞에 선 상대방의 입을 막아버리고 친절한 모양새로 자신의 의견을 받아들이게 하는 대화법임을. 그리고 '어떻게 생각하냐'는 엄마의 질문은 어차피 무영의 대답을 원하는 것이 아님을, 이미 정해진 답을 이야기해야 하는 것임을 무영은 알고 있었다.

"엄마는 엄마 딸이 이렇게 기가 죽어서 하루 종일 아무것도 안 하고 집에만 있는 게 너무 안타까워. 지금 이렇게 보내는 시간이 너무 아깝지 않니? 그리고 방송에서 다들 공무원이 괜찮겠다고 말도 해줬잖아, 그치?"

"……."

"엄마도 무영이가 공무원을 하면 참 좋겠다고 생각해. 그래서 무영이의 새 출발을 기념하고 축하하는 의미에서 엄마가 학원을 등록했어. 듣고 싶은 거 들으라고 프리패스인가 뭔가, 그거 신청했으니까 골라 들으면 될 거야. 아, 그리고 공무원 시험은 사 월이라더라. 아직 일 년 넘게 남은 셈이니까, 할 수 있지?"

"아……, 저 그게……."

무영은 말을 더듬었다.

"다시 말하지만, 엄마는 충분히 슬퍼했다고 생각해. 이제 그만 슬퍼하고 학원 다니면서 새롭게 출발한다고 생각했으면 좋겠는데, 무영이는 어때?"

무영이 망설이는 반응을 보이자 엄마가 바로 말을 끊고 무영의 눈을 똑바로 쳐다보면서 말했다. 무영은 아무 말도 하지 못했다.

무영은 하고 싶은 말이 무지 많았던 것 같은데, 엄마와 눈을 마주치자마자 할 말이 쏙 다시 들어가는 느낌을 받았다. "나 아직 힘든 것 같은데요." 하고 싶었는데, "그만하면 됐어, 이제 털고 일어나" 하는 엄마의 부름에 아무 말도 하지 못하고 있었다. 엄마는 고개를 숙인 딸의 묵언을 긍정으로 받아들이며 내심 기뻐하는 중이었다.

"그래, 무영아. 일주일 후던가, 개강이? 아니, 개강을 했던가? 엄마가 무영이한테 미리 이야기를 했어야 하는 건데 이렇게 알게 됐네. 미안해. 어쨌든, 듣고 싶은 강의 잘 골라서 엄마한테 책 뭐 필요한지 말해줘. 그 정도는 얼마든지 엄마가 딸의 미래를 위해서 흔쾌히 투자할 수 있어."

엄마는 무영의 어깨를 토닥토닥 두드렸다. 무영은 엄마가 한 번, 두 번 어깨를 두드릴 때마다 왠지 모를 무게가 더해지는 것을 느끼고 있었다.

"이제 그만 제자리로 돌아오면 좋겠어, 잘할 수 있지, 딸?"

엄마는 자리에서 슥 일어났다. 무영은 고개를 들고 엄마가 문을 닫고 나가는 것을 지켜봤다. 뭔가 태풍이 휩쓸고 지나가 버린 듯한 느낌이었다.

무영은 엄마와 대화한 뒤 어둠 속에서 한참 동안 멍하니 생각했다. 그런 후에야, 지금 자신은 도저히 사람들 틈에 섞일 자신이 없고, 더욱이 무엇을 위해서 공부할 힘은 더더욱 없다고, 정리할 수 있었다. 아예 환불을 받고 싶지만 그럴 수는 없다고 했으니, 그렇다면 그저 수강을 조금 연기하는 변경 신청을 하는 수밖에 없다는 생각이 들었고, 그러려면 밖으로 나가야 한다는 생각에 이르자 무영은 다시 망설이기 시작했다.

'하고 싶지 않다'는 생각은 꽤 간단하고 당연한 것이었지만, 그 결정이 쉽지 않았던 건 역시 너무나도 생산성이 없는 스스로의 처지 때문이었다. 망설이면서 시간을 그냥 보내버리기엔 제 할 일도 못 찾고 얹혀 사는 처지가 한심하게 느껴지기도 했고, 그렇다고 부모님이 돈을 헛되이 바깥에 뿌리게 내버려둘 수는 없도 노릇이었다. 일단은 부모님의 돈이 허공에 날아가 버리는 것을 막는 것이 첫 번째라고, 무영은 생각했다. 무영은 그런 사람이었다. 앞에서는 절대 싫은 소리 하지 못하는 사람. 너무도 쉽게 죄책감을 느끼는 사람.

커튼을 빽빽하게 쳐서 여전히 방 안은 어두웠다. 어쩌면 해가 졌기 때문에 그럴지도 몰랐다. 무영은 '내일 해가 지자마자 학원으로 출발해 수강을 연기하리라, 연기할 수 있는 만큼 연기를 해야지, 그 후에 부모님께는 어떻게 말씀드리지, 일단은 그냥 이 개월만 연기할까', 고민했다. 복잡한 생각을 하며 어두운 방에서 무영은 버스 카드를 챙기고, 내일 입을 옷가지를 의자 위에 대충 걸쳐 놓고, 오랫동안 안 쓰던 모자를 찾아 그 위에 얹어두었다. 최대한 가리고, 해가 진 후에 나가면 아무도 알아보지 못하리라.

무영은 오랜만에 외출을 위한 일종의 의식을 마치고 손가락을 슥슥 비비며 침대에 털썩, 걸터앉았다. 안 챙긴 것은 없겠지. 무영은 꽤나 비장했다. 단순하게 생각하자. 그냥 수강을 연기하는 거야. 어려운 게 아니야. 밤이라 그림자도 보이지 않을 거야, 하고.

4

안녕, 나는 이상한 그림자

외출을 하지 않았던 지난 한 달 반 동안 공기는 더 차가워져 있었다. 기말고사가 끝나던 주에 촬영을 마쳤으니, 새해도 한 달이 넘게 지난 셈이었다. 집 안에서만 생활하니까, 방을 잘 나서지도 않았으니까 밖이 시끌벅적해도 무감각해졌던 모양이었다. 하릴없이 나이만 더 먹다니. 아, 정말 최악이다. 아무것도 해놓은 것 없이 스물여섯이 되었다니.

집을 나서며 현관에 있는 목도리를 하나 집어 나온 것이 얼마나 다행인지 모른다. 목을 꾹 둘러쌌는데도 한기가 온몸을 덮쳤다. 무영은 목도리를 더 바짝 동여맸다. 얼굴을 빼서 후, 입김을 부니 하얀 김이 새어나온다. 해가 져서 그런가, 아, 춥다. 몸이 부르르 떨릴 만큼 바람이 휙 불기에, 한껏 웅크린 다음 손으로 팔뚝을 슥슥 쓸었다.

무영은 현관을 지나 가로등이 비치는 아파트 단지 안을 휘적휘적 걸었다. 팔뚝 너머 땅에 이상한 검은색 뭉치가 보였다. 고개를 휙 돌리니 사라지고 없었다. 이상한 느낌이 들었다. 다시 길을 가다 보니 또 뭔가 뒤에 검은색 뭉치가 따라오는 느낌이 들어 발길을 멈추고 고개를 휙 돌렸다. 이번에도 아무것도 없었다. 고개를 갸웃거렸다. 이상하다. 정말로 이상한, 못생긴 뭔가가 있었는데.

*

무영은 핸드폰을 켜 잠금 화면에 뜬 시계를 봤다. 오후 일곱 시 반. 그리 늦지 않은 시간인데도 세상이 어둡다. 겨울은 세상이 빨리 어두워져서 좋아. 해가 완전히 져서 그런지, 그림자는 사람들의 발밑에 꼭 붙어 거의 보이지 않았다.

아파트 단지를 벗어나 버스 정류장에 다다른 무영은 추위에 저도 모르게 손가락을 비비며 버스를 기다렸다. 버스 정류장만큼 온갖 사람들이 모여 있는 장소가 있을까. 눈 밑에 짙은 다크서클이 끼어 있는 사람, 꽃다발을 들고 세상 누구보다 행복한 얼굴을 한 사람, 뽀송한 얼굴로 친구를 만나러 가는 사람.

그리고 그들의 발밑에 옹기종기 숨어 있는 그림자를 구경하는 재미도 쏠쏠했다. 밤이라 자세히 보이지는 않지만, 불빛 따위에 살짝씩 비춰 보이는 그런 까만 덩어리 같은 것이 지금 내 발밑에도 숨어 있겠지. 나도 이제 그림자가 있는 사람. 오래된 꿈이 삭아져내려 그대로 켜켜이 쌓인 것을 가진 사람. 나도 저들과 똑같은, 사람.

세상에서 제일 바쁘다는 듯 빠르게 내 곁을 지나쳐 가는 사람들, 오늘 뭐 먹을까 따위를 이야기하고 웃으며 전화를 받는 사람들, 뜨거운 김이 나는 커피를 들고 호호거리며 무리를 지어 가는 사람들. 저 사람들처럼 나도 곧 발밑에 그림자를 달고 다니는 것에 행복을 느끼는 사람이 될 수 있을까. 무영은 생각했다. 멍하니 그들을 바라보다가 나는 뭐가 달라서 웃고 있지 못한 걸까, 하는 생각도 잠깐 했다가, 화들짝 놀라 무영은 마음을 고쳐먹었다. 또 이상하게 그날 생각이 나서.

그렇게 가만히 서서 자신의 앞을 지나가는 사람들의 그림자를 구경하던 무영은 문득 옛날 생각이 났다. 무영은 자신을 향해 수군거리는 목소리가 꽤 익숙했다. 이 나이가 되도록 그림자가 없다고 하면 사람들은 무영을 향해 놀란 표정을 짓곤 했다. "아니, 아가씨 몇 살인데 아직 그림자가 없어?" 하며 이따금 오지랖이 넓은 아줌마들은 무영을 불러 세워 물어보기까지 했다. 그러면 무영은 난처한 표정을 지으며 "하하, 그러게요, 죄송해요" 라고 답하며 걸음을 빨리 했다. 도를 아시냐고 물어보는 사람들은 매일 무영만 찾아다니는 건지 십중팔구 무영을 불러 세우고는 팔뚝을 아프게 잡고, 얼굴을 보니 기가 꽉 막혀 있다며 함께 기도를 하러 가자고 손을 끌기도 했다. 그러면 무영은 "아, 기가 막혔나요? 아, 이거 참 슬프네요, 하하" 하며 어렵게 손을 뿌리쳤다. 그런 생각을 하니, 이제 그림자를 가지고 딴지를 잡히는 피곤한 일도 없겠구나, 생각했다. 그냥 무난하게, 남들과 똑같이, 쥐도 새도 모르게, 묻어가겠지.

*

"엄마, 저 언니 그림자가 이상해!"

"쉿, 그런 이야기 하는 거 아니에요."

"왜애? 이상해애애! 엄마도 놀랬잖아!"

"쉬이이이이. 어머, 미안해요. 아직 우리 애가 많이 어려서."

엄마의 허리까지 오는 키의 꼬마가 무영을 보고 눈이 동그래져서 말한다.

무영은 갑자기 자신에게 말을 걸어오는 사람의 기척에 화들짝 놀라 꼬마를 쳐다본다. 아이의 엄마는 서둘러 무영에게 미안하다고 사과를 한다. 무영은 괜찮아요, 항상 있는 일이에요, 라고 난처하게 웃으며 얼버무렸고, 아이의 엄마도 무영을 향해 조금 어색하게 웃어보이고는 아이를 데리고 어서 정류장을 떠났다.

아이는 엄마의 손에 끌려가면서도 뒤를 돌아보면서 무영과 눈을 마주치고, 무영의 그림자를 훑어봤다. 무영은 무슨 일이 있나 싶어 자신의 발밑을 들춰 봤다. 다른 사람과 뭐 특별히 다를 것은 없어 보였다. 무영은 안심하면서, 엄마의 손에 이끌려가면서도 자신을 계속 쳐다보는 꼬마를 향해 어쭙잖게 웃어줬다.

텔레비전에 나온 얼굴을 기억해서였을까, 생각하며 무영은 버스에 올라탔다. 평소에도 있는 일이니 굳이 기분 나빠하지 말자고 스스로 다독였다. 버스 카드를 찍고 기사 아저씨 뒷자리를 차지하고 앉아 창밖을 멍하니 바라봤다. ASMR을 틀고 싶지만 데이터를 막 쓰면 요금을 더 내야 하니 꾹 참았다. 집에 가서 듣지, 뭐, 하고 금세 포기하는 기분이 영 낯설지 않다. 어두운 밤에만 켜는 버스의 백열등 조명이 눈이 부시게 얼굴을 비췄다.

툭-

그때 발끝을 누군가 툭, 툭 건드리는 느낌이 들었다. 누군가의 발을 밟은 건가 싶어서 발쪽을 살폈는데, 딱히 신경 쓸 만한 것은 없었다. 이상하네. 버스에 사람이 많은 것도 아닌데. 내가 잘못 느낀 건가. 고개를 갸우뚱거리고 또 한참을 바깥에 보이는 주황색, 하얀색 가로등 불빛에 집중하고 있는데,

툭-, 툭-

발이 건드려지기에 이번엔 발 주변을 살피고, 발도 들어서 바닥까지 꼼꼼히 확인했다. 여전히 아무것도 없었다. 발밑에는 요상한 색깔의, 아직 내 것이라고 여겨지지 않는 그림자만 있었다. 백열등 빛이 겁난다는 듯, 새로 생긴 무영의 그림자는 무영의 발밑에 꼭 숨어 있었다. 무영은 이상한 기분에 휩싸여 고개를 갸웃거리다가, 바닥에 양 발바닥을 나란히 내려놓고 버스가 목적지에 다다를 때까지, 눈을 내리깔아 발밑을 가만히 살폈다.

*

무영은 버스에서 내려서 1호선 지하철을 타고, 노량진역에서 내려 교통 카드를 찍었다. 표지판을 따라 바깥으로 나오자 알 수 없는 비린내가 코를 찌른다. 무영은 코를 막고 잠시 멈춰 서서는, 핸드폰을 켜서 학원까지 가는 길을 찾았다.

맞은편에는 길쭉길쭉 커다란 건물들이 밤이 된 줄도 모르고 하얗게 빛을 내고 있다. 길 맞은편의 맥도널드에는 사람들이 파도처럼 넘실댄다. 꽤 어지러운 풍경이다. 무영은 왠지 그 앞을 지나가기가 꺼려졌다. 모자를 단단히 눌러 쓰고, 숨을 허업, 다시 들이쉬고, 핸드폰 지도를 보고 그 옆을 살살 피해 걸었다. 모두 자신의 일이 바쁜 탓에 무영에게 신경 쓸 여유는 없는 듯했다. 무영은 차라리 그것을 다행이라고 여기며 건물들 사이를 살금살금 걸었다.

길을 걸으며 무영은, 불이 꺼진 창문을 찾는 것이 더 빠르겠다, 생각했다. 저녁 시간이 꽤 지났는데도 불구하고 거리에는 무엇인가 입에 넣고 오물오물 씹기 바쁜 사람으로 가득 차 있었다. 밤이 되면 차라리 사람도 좀 없고, 불빛도 없으니까 그림자도 볼 일이 적겠지, 생각했는데 완전한 오산이었다. 사람들은 다 어디서 나왔는지 이 좁은 골목 안에서 서로 끼어서는 한 움큼씩의 밥을 입에 넣고 씹고 삼키고 있었다. 불이 켜진 창문이 많았고, 가로등은 밝았으며, 상점의 조명이 사람들을 비췄다. 사람들과 눈이 마주치는 것이 무서웠던 무영은 저도 모르게 땅을 바라보며 걸었는데, 그 때문에 왠지 무영은 그림자와 마주보며 걷는 것 같은 느낌을 받았다.

노량진의 골목은 구불구불했다. 무영은 간신히 학원을 찾았고, 멀뚱거리다가 안내 데스크에서 지루하다는 듯 펜을 돌리고 있는 여자와 마주했다. 여자는 한 손을 턱에 괴고, 한 손으로 펜을 돌리면서 입술을 잔뜩 내밀고는 허공을 응시하고 있었다. 곱게 화장한 여자의 얼굴은 무영이 예상한 대로 꽤 피곤해 보였다.

무영이 여자의 앞에 서서 헛기침을 하자 그제서야 데스크의 여자는 제 앞에 선 고객을 보는 듯 안 보는 듯 "무슨 일로 오셨어요?"라고 건성으로 물었다. 다행히 무영의 얼굴을 알아보는 것 같진 않았다. 무영이 수강을 연기하러 왔다고 쭈뼛거리며 말하자, 데스크의 여자는 무영에게 종이를 건네고, 사인을 시키고, 몇 가지 주의 사항을 알려줬다. 여자는 로봇이 입력된 것을 뱉어내듯, 무영의 눈을 한 번도 쳐다보지 않고 머릿속에 입력된 학원의 매뉴얼을 주절주절 읊었고, 무영은 고개를 끄덕거리며 그것을 들었다.

“그러니까 2개월, 연기하신다는 거죠?”

“네…….”

“이름이…… 허무영 양. 왠지 낯설지가 않은 이름이네요. 어디서 봤더라. 일단 여기 사인해주세요.”

‘섀도우 메이커에서 봤겠죠.’라고 속으로 대답하며 무영은 아무것도 모르는 척 조용히 사인을 했다. 데스크의 여자는 상담이 끝날 때까지 무영과 눈을 맞추지 않을 모양이었다. 대신 그녀는 아주 무미건조한 표정으로 종이와 펜을, 그리고 무영이 주의 사항을 읽거나 사인을 할 때는 바닥을 가끔 멍하니 바라봤다.

그러다가, ‘히익!’ 하고 여자가 놀란 소리를 냈다.

순간 무영도 따라 눈을 크게 뜨고 여자를 쳐다봤고, 놀란 마음에 콧구멍까지 한껏 커진 여자와 눈이 마주쳤다.

“학, 학생…… 그, 그림자가 이상해요!”

데스크의 여자는 떨린 목소리를 내며, 한쪽 손으로 입을 막고 다른쪽 손으로는 무영의 뒤쪽을 향해 손가락질을 했다. 겁에 질린 목소리였다. 무영은 여자의 말을 듣자마자 고개를 휙 돌려 자신의 발밑에 드리워져 있을 그림자를 쳐다봤다. 학원의 상담실의 조명은 분명 무영의 정수리 위에 있었음에도 불구하고, 그림자는 무영의 발밑으로 길게 늘어져 있었다.

그림자는 엄청나게 컸다. 무영의 모습을 꼭 닮아 있어야 할 그 그림자는 이상하게도 무영과 전혀 닮지 않은 검은색 덩어리였다. 머리에, 두 팔에, 두 다리가 달린 사람 모양의 검은색 그림자가 아니라, 묘한 굴곡으로 뭉뚱그려져 둥글둥글한, '이상한' 모양이었다. 머리 모양은 각이 져서 솟아 있었으며, 다리와 팔이 비정상적으로 가늘고 몸은 둥글둥글한 배불뚝이 아저씨 같았는데, 속은 잔뜩 깨져서 조각나 있는 듯한, 마치 여러 개의 조각이 억지로 하나가 된 듯한 기괴한 모양이었다. 크기는 또 얼마나 큰지, 보통 사람의 그림자보다 훨씬 긴 것은 물론이고, 옆으로도 두 배 이상 커 보였다. 괴물 같은 그림자였다. 지금까지 발견하지 못한 것이 이상할 정도였다. 아까만 해도 무영이 뒤를 돌아보면 보이기 싫다는 듯 무영의 시선을 피해 숨던 그림자가 이제는 어찌됐든 상관없다는 듯 무영의 앞에 크게 져 있었다.

그림자와 드디어 마주한 무영은 숨이 턱 막히는 기분이 들었다. 어느 순간부터 생긴 건지, 어느 순간부터 무영을 따라온 건지 무영도 알 수 없었지만, 그동안 그림자가 없어 자세히 관찰할 기회가 없었던 무영도 이상하다는 것을 단박에 알 수 있을 만큼 해괴망측한 것이 자신의 발밑에 달려 있었다.

무영은 그동안 어둠 속에 숨어서 지내느라 이런 게 자신에게 생긴 줄은 전혀 알지 못했다. 여태 그림자가 괴물 모양이라는 사람은 본 적도, 들은 적도 없었기에 더욱 당황스러웠다. 인터넷에 괴담처럼 떠돌던 이야기가 자신에게 벌어진 것이라, 잠깐 동안 무영은 주변의 모든 것이 순간 멈춰 버린 듯한 느낌이 들었다.

그림자는 더 이상 무영을 피하지 않았다. 집을 나선 뒤 서울에 도착하기 전까지 무영의 시선을 요리조리 피하던 그림자는 어느새 빛에 적응을 하고 나자 무영이 보라는 듯 무영의 키보다 한껏 몸을 부풀리고 있었다. 보통 그림자는 빛을 등지고 무영의 뒤에 서 있어야 하는데, 무영의 그림자는 이상하게도 무영을 똑바로 마주보고 있었다. 무영이 어떻게 움직여도 마찬가지로 그림자는 눈앞에 있었다. 그림자는 무영의 시선과 맞닥뜨린 채로, 다른 곳으로 가지 않고 그대로 가만히 있었다.

데스크의 여자는 호들갑을 떨며 겁에 질린 비명을 질러대기 시작했다. 무영은 마지막 장에 이름을 끼워 넣듯 사인을 하고, 펜을 던지다시피 하고, '죄, 죄송합니다!' 외치며 문을 박차고 바깥으로 나왔다. 문을 박차고 나오는 바람에 학원에 있던 사람들은 한꺼번에 무영을 쳐다보고, 자연스럽게 이상한 모양의 그림자를 봤다. 사람들은 비명을 지르거나, '어머, 저게 뭐야!'라며 혐오 섞인 목소리를 내거나, 혹은 벌레라도 본 것처럼 몸을 반대편으로 피하며 얼굴을 잔뜩 찡그렸다.

무영은 학원에 있던 사람들의 표정이 뇌리에 박혀 쉽게 지워지지 않았다. '그동안 사람들이 나를 보고 수군거린 이유가 이거였구나.' 아이가 나를 보고 엄마에게 말한 것도, 그 엄마라는 여자가 무영을 보고 놀란 것도, 무영이 지나치자 수군거린 사람들의 말소리도, 모두 흉측한 그림자 때문이었던 것이다. 괴상하게 생긴 그림자가 자신을 따라다닌다는 것을 알게 된 순간부터, 무영은 자신을 쳐다보는 시선들이 온통 자신을 향한 화살촉처럼 느껴졌다. 잠깐의 시선조차도 무영을 잔뜩 할퀴고 지나가는 것 같았다.

무영은 너무도 당황해서, 어디로 가는지도 모르고 그저 달리기 시작했다. 지금 당장은, 여기서 벗어나야 한다는 생각밖에 없었다. 아, 정말 괜히 나왔다, 괜히 나왔어. 애초에 나오질 말았어야 했어. 주먹을 꼭 쥐고 달리느라 주먹을 쥔

손바닥 안에는 손톱 자국이 네 개씩 깊게 패였다. 얼른 달려야 한다. 집까지 택시를 타고 가는 한이 있더라도 사람들이 이 그림자를 못 보게 빨리 가야 한다. 그러자 괴상망측하게 생긴 그림자도 헐레벌떡 이상한 몸을 흔들며 무영을 바짝 쫓아왔다.

*

무영은 최대한 어두운 곳을 찾아다니며 그림자가 빛에 비추어 모습을 드러내지 않기를 바랐다. 그것은 꽤 효과가 있는 듯했으나 한밤중에도 조명이 잔뜩 켜진, 꿈을 꾸는 자들의 도시라는 노량진의 골목길에서 그림자를 아예 보이지 않게 하는 것은 무리였다. 꿈을 꾸는 자들의 열정을 가릴 만한 그늘은, 노량진에는 없었다. 어쩔 수 없이 무영은 그림자와 마주 보며 달렸고, 그러면 그림자도 뚱뚱하고 못생긴 몸을 뒤뚱뒤뚱 이끌며 무영의 뒤를 바짝 쫓았다. 무영이 일부러 땅에 발을 세게 쾅쾅 구르면 그림자도 무영이 발을 뗄 때, 같이 발을 떼었다. 아무리 노력해도 자신의 그림자를 밟을 수는 없는 노릇이었다.

공부를 하다가 잠깐 산책을 나온 사람들은 우연히 마주

친 무영의 그림자를 보고 모두 기겁을 하며 얼굴을 찌뿌렸다. 저 여자는 뭐길래 그림자가 저 모양이냐며, 술에 취한 누군가는 무영에게 욕을 뱉기도 했다. 무영은 왔던 길을 겨우 기억해내 그대로 되짚어, 최대한 빠른 발걸음으로 지하철을 향해 내달렸다. 무영의 머릿속에 있는 것은 적어도 사람이 많은 지하철이라면 그림자가 보이지 않겠지, 하는 생각, 그리고 얼른 여기를 벗어나자는 생각뿐이었다.

노량진역에 도착해 교통 카드를 찍고, 다시 지하철을 타기까지는 그리 오래 걸리지 않았다. 무영은 간신히 출발 직전의 지하철을 타고서 한숨을 돌렸다.

이 시간의 지하철은 항상 사람이 북적거린다. 그래서 발밑에 어떤 그림자를 달고 다니는지 서로 알 수가 없었다. 무영은 그것으로 됐다고 생각하고, 적어도 역에 도착할 때까지는 숨을 좀 고를 수 있겠다고 안도했다. 무영이 서 있는 곳으로부터 앞, 옆, 뒤에는 사람들이 가득 차 있었기 때문에, 모든 사람들이 무영의 그림자를 힘껏 밟아주고 있었다. 한 정거장, 한 정거장을 지나칠 때마다 집에 가기 위해 지하철에 타는 사람들에게 진심으로 감사한 마음이 들었다.

*

몇 정거장이나 갔을까.

"아……, 아……."

북적북적한 지하철 속에서 이상한 목소리 하나가 들렸다.

"네?"

무영의 앞에서 지하철 손잡이에 매달리다시피 하고 있던 양복을 입은 남자가 무영을 향해 돌아보며 물었다. 그 소리를 듣지 못한 무영은 갑자기 눈을 마주쳐오는 남자의 눈길에 화들짝 놀라 '네?'하고 반문했다. 그러자 남자는 "아, 제가 잘못 들었나 봐요. 죄송합니다."하며 머쓱하게 웃어보이고는 다시 앞을 봤다. 남자는 순간, '내가 요즘 무리를 했나, 헛것이 들리네', 라고 생각했다.

"아……, 아……."

다시 이상하게 앓는 듯한 소리가 났을 때는, 무영도 확실히 들었다. 앞에 선 남자는 다시 휙 뒤를 돌아 눈을 한 번 마주치고는, 눈을 찌푸려 무영에게 주의를 주는 듯한 눈빛을 보냈다. 자신이 잘못 들은 것이 아님을 항변하는 눈빛이었다. 무영도 소리가 어디서 나는지 알 길이 없었기에 남자를 향해 고개만 한 번 까딱했다. 그러자 남자도 미간을 살짝 찌푸리며 다시 앞으로 고개를 돌렸다. 옆을 둘러봐도 모두 이어폰을 꽂고 입을 꾹 다물고 있을 뿐, 이상한 소리를 내는 사람들은 없었다.

"아……, 아……."

기괴한 목소리가 또 한 번 울린다. 목이 쉴 대로 쉬어서는 억지로 소리를 쥐어짜내듯이 내는, 손톱으로 쇠를 긁는 듯한 '사람'의 목소리였다. 무영은 당황스러웠다. 몇 번 소리가 나자 그 소리가 어디서 난 건지 본능적으로 알아차렸기 때문이다. 무영은 발밑의 그림자를 내려다봤다. 소리는 일정하지 않지만, 꾸준하게 들렸다. 마치 목을 가다듬듯, 잠시 숨을 골랐다가 다시 말을 하는 식이었다.

불행하게도 그 목소리는 점점 사람의 목소리처럼, 생긴 것만큼이나 괴상망측한 소리로 변해가고 있었다. 처음엔 그저 바퀴에서 바람이 빠지는 소리에 불과했다면, 지금은 점점 목이 쉰 사람의 목소리처럼 변해가고 있었다. 무영은 왠지 모를 불길한 예감이 들었다. 발밑에서 그 목소리는 점점 분명해지고 있었다.

역시 오늘은 나오는 게 아니었어. 조금만 더 쉬고, 조금만 더 건강해지면 나올 걸 그랬어. 그냥 전화로 해달라고 좀 더 우겨볼 걸 그랬어. 무영의 눈동자가 이리저리 흔들렸다. 빨리 여기를 벗어나야겠다는 생각밖에 들지 않았다. 그림자가 누구에게도 말을 못 걸도록 최대한 빠르게, 이곳을 벗어나야 한다고 생각했다. 빨리 이곳을 벗어나야 자신의 불행을 누구에게도 전파하지 않을 거라고 생각했다.

내리실 문은 왼쪽입니다.

안내 방송이 들리고 치익, 문이 열림과 동시에 무영은 앞 사람들의 어깨에 마구 부딪히며 바깥으로 튀어나왔다. 이곳이 무슨 역인지는 상관없었다. 무영의 앞에 서 있던 남자는 그런 무영을 이상한 눈빛으로 쳐다봤다. 그는 문이 닫히고, 지하철이 다시 출발하기까지 무영에게서 수상한 시선을 거두지 않았다. 무영은 그들을 보지 못한 척했다. 그리고 태어나서 이렇게 빨리 달려본 적이 없을 만큼 세게 발을 앞으로 내딛었다. 자신의 앞에 서 있는 그림자에 힘차게 발을 굴렀다. 밟힐 리 없겠지만, 무영은 일부러 그림자를 세게 쿵, 쿵 밟으며 지나갔다. 밟혀라, 밟혀. 더 이상 피해 주지 말고 그냥 조용히 살자. 날 좀 내버려 둬.

"으…… 흐흐흐…… 으흐흐……."

이상한 웃음소리가 귓가를 때리고 지나갔다. 뭔가 깨지

는 소리 같기도 했고, 무너지는 소리 같기도 했다. 날카로운 웃음소리가 잔뜩 약해진 무영을 잔뜩 할퀴고 지나가는 것 같았다. 그 웃음소리에 그동안 다독였던 마음이 무너져 산산조각이 나서는 결국 와르르 무너지는 듯했는데, 검은 그림자는 그런 무영의 마음을 알아차리기라도 한 건지 더 신이 나서 소름 끼치도록 밝게 웃어댔다. 한 번도 들어보지 못했던 소리에 무영은 절로 눈물이 날 것 같았다. 무영이 달리면 달릴수록 웃음소리는 더욱 선명해지는 것 같았다. 무영은 힘껏 그림자를 밟고, 밟으면서 다음 걸음을 재촉했지만 발밑에는 여전히 기분 나쁜 웃음소리를 내는, 흉측한 모양의 그림자가 있었다.

"으흐흐흐흐……."

무영은 절로 눈물이 날 것만 같았다. 이제 무영이 빨리 뛰어가도, 무영의 옆을 지나가는 사람들이 무영의 그림자를 보고 수근거릴 정도였다. 내 발밑에 흉측하고 고약하게 생긴 그림자가 있는 것만으로도 이미 지나치게 피곤한데, 그 그림자가 소름 끼치는 웃음소리까지 내다니. 무영은 다시 주목을 받는 것이 무서웠다. 그저 빨리 이곳을 벗어나고 싶다는 생각을 했다.

무영은 달리고 또 달렸다. 서울과 너무 멀리 떨어진 집이 처음으로 원망스러웠다. 아직도 갈 길이 멀었다는 것이 무영을 괴롭게 했다. 무영은 저 앞에 보이는 택시를 타기로 하고, 열심히 달렸다. 그런 무영에게 그림자는 말을 건네는 것 같았다.

"으흐흐흐…… 흐흐흐흐……."

*

무영은 헐떡이며 택시에 올라탔다. 지금부터 집까지는 택시로 20분. 택시 기사 아저씨는 헐레벌떡 차로 뛰어들어온 낯선 아가씨에게 백미러로 눈길을 쓱, 주고는 핸들을 잡았다. 무영이 헉헉대며 아파트 이름을 말하자 아저씨는 아무 말 없이 액셀을 눌렀다.

창밖으로 보이는 알록달록한 불빛이 무영의 얼굴을 비췄다. 그 불빛들이 반짝반짝 흔들리고, 무영은 혼란스러워 눈을 껌뻑였다. 지하철에 있을 때, 이상한 소리가 날 때마다 미세하게 흔들리는 발밑의 감각을 떠올렸다. 그것은 분명, 그림자의 목소리였다.

"야, 허무영."

발밑에서 다시 낯선 진동이 울렸고, 쇠를 손톱으로 긁듯

걸걸하게 쉰 목소리가 무영에게 웅얼웅얼, 정확하지 않은 발음으로 말을 걸었다.

"너, 허무영. 너 말이야."

발밑에서 누군가 콕콕 찌르는 듯한 느낌이 들었다.

이상한 여자의 쇳소리를 들은 택시 기사 아저씨는 자신에게 말을 거는 줄 알고 흠칫 놀라, 백미러로 무영을 흘끗 쳐다봤다. 무영은 창문을 보다가 갑자기 들린 낯선 목소리에 바닥을 쳐다봤다. 고개를 숙인 젊은 여자 손님을 흘끗 확인한 택시 기사 아저씨는 이내 별일 아닌 듯, 무영에게 줬던 시선을 거뒀다. '거 참, 오늘 하루는 재수가 없구먼. 장사 끝물에 이상한 미친 여자를 다 태우고 말이야, 술을 얼마나 처먹으면 초저녁에 저렇게 인사불성인지, 원. 이 나라의 미래가 걱정된다'며 기사 아저씨는 혀를 끌끌 찼다.

무영은 발바닥으로 꾸욱, 그림자를 눌렀다. 그림자의 목소리를 무시하려고 애썼다. 아랫입술을 꽉 깨물어 피가 났는지 혀로 비릿한 피 맛이 퍼졌다.

"왜 밟아?"

그림자가 웅얼댔다.

"그러지 마. 아프단 말이야."

그림자가 말한다. 무영은 그림자의 말에 일부러 아무런

반응도 하지 않고, 발에 힘을 더 꽉 줬다.

"…… 그런데 있지, 아까부터 왜 모르는 척해? 너 나 알잖아."

그림자는 그 사이 더 커져서 어둠이 고여 있는 택시 안에서, 잠깐씩 들어오는 불빛에 비춰서도 선명하게 보일 만큼 비대해져 있었다. 그림자는 통통한 두 팔을 야무지게 꼬고서, 마치 위에서 무영을 내려다보는 듯한 태도를 취하고 있었다. 밟히고 있는 쪽은 오히려 무영이었다.

"…… 내가 싫은 거야? 내가 못생겨서 마음에 안 들어?"

그림자는 계속 말을 이어갔다. 쇳소리는 점점 사람의 목소리처럼 변하고 있었다. 택시 기사 아저씨는 본인에게 하는 말이 아님을 안 뒤로, 무영을 '야무지게 미친 여자가 술을 잔뜩 먹고 주정을 한다'고만 생각했고, 일부러 라디오 볼륨을 높여 웅얼거리는 손님의 술주정에 더 이상 관심을 기울이지 않았다. 그림자는 지금 무영이 어디에, 누구와 있든 상관하지 않는 것 같았다. 그림자는 오래전에 만난 친구에게 그러는 것처럼, 조곤조곤 계속 무영에게 말을 건넨다. '안녕, 나는 너의 이상한 그림자야.' 하고.

*

'쾅.'

택시 문을 세게 닫고 무영은 부지런히 발을 움직였다. 평소엔 몰랐는데, 밤거리도 낮의 거리만큼이나 참 밝았다. 무영의 그림자는 무영의 앞에서 끈덕지게 말을 걸어왔다.

"나는 너의 모든 것을 다 알아. 네가 나를 만들었으니까……."

"……."

"지금은 그냥 억울하고 속상하지? 어? 그냥 애초에 태어나지 않았으면 좋았겠다는 생각까지 하고 있을 거야, 그렇지?"

"……."

"너만 아니면 너한테 들였던 학원비로 부모님이 오늘 더 맛있는 거 드실 수 있지 않았을까, 뭐 그런 생각을 하지?"

"……."

"에이, 야. 사실 그렇게까지 생각할 필요 없는 거 알잖아. 너 잘못한 거 없는 거 네가 제일 잘 알잖아. 쉽게 생각해, 그냥."

"……."

집에 거의 다다르자 무영은 거의 뛰다시피 걸었다. 그림자는 여전히 무영의 발밑에서 신나게 떠들어대고 있었다. 그런데 무영은 아무런 대답도 할 수 없었다. 아무런 대답이 떠오르지 않았다. 무영은 울음을 참으며 억지로 계속 걸었다.

"아닌가? 그래, 없는 게 나을 것 같아. 그치? 이렇게 쓸모없고 못생긴 그림자로 남을 바에야, 그 편이 훨씬 낫지. 이런 그림자를 필요로 하는 사람이 대체 세상 어디에 있냔 말이야."

무영은 이제 무영이 사는 아파트에 도착했다. 엘리베이터 앞에 서자 긴장이 확 풀리는 기분이었다. 그림자는 여전히 쉴 새 없이 떠들다, 이제는 숫제 없어지는 편이 낫지 않겠냐며 무영을 괴롭히고 있었다. 빨리 집에 가자, 빨리 가자. 얼른 그늘로 들어가서 아무도 들어올 수 없게 문을 쾅 닫아버리자.

'딩동-. 일 층입니다. 문이 열립니다.'

엘리베이터 안의 소리가 들리고, 문이 열렸다. 무영이 재빨리 엘리베이터 안으로 들어가려고 하는데,

"어어, 십이 층 학생 아니야?"

아뿔싸. 경비 아저씨였다.

"아, 안녕하세요."

무영이 망설이는 듯, 초조한 듯 대답했다. 곤란한 웃음을 지으며 엘리베이터에 올라타 얼른 올라가버리려고 했는데, 엘리베이터 문을 반쯤 막아선 아저씨의 자세 때문에 어디로도 움직일 수 없었다.

붙임성 좋은 아버지를 둔 덕에 경비 아저씨와 무영네 가족은 어느새 잘 아는 사이가 되어 있었다. 그래서 그냥 지나치는 일이 없이 꼭 말을 두세 마디는 걸어주셨다. 평소에는 그 호의가 감사했지만, 지금은……, 지금은…… 아니었다.

"텔레비전 봤어. 고생했지? 근데 그게 맞는 겨. 잘했어어."

경비 아저씨는 엘리베이터 문 앞을 이상하게 막아선 뒤 말했다. 무영은 엉거주춤한 자세로 아저씨를 향해 어색하게 웃어 보였다.

"네, 네, 그럼요. 그렇죠."

그림자는 아직 아무 말도 하지 않았다. 무영은 이 순간이 영원 같이 느껴졌다. 숙제를 안 했는데 선생님이 숙제 검사를 하자고 할 때의 기분을 다시 한 번 느끼는 중이었다.

무영은 엉거주춤하게 엘리베이터 안으로 파고들어가 숫자 '12'를 꾹 눌렀다. 그래, 됐다. 이렇게 집으로 쭉 가면 된다. 무영이 여전히 어색한 표정을 지으며 엘리베이터 밖에 있는 아저씨와 눈을 마주친 순간,

"……어, 지금 날 숨기는 거야?"

이상한 목소리가 경비원과 무영 사이에 끼어들었다.

이상한 목소리를 들은 경비원은 눈이 딱 두 배로 커졌다. 엘리베이터 속에 서 있는 무영과, 그런 무영의 발밑에 있는 이상한 그림자를 경비원은 번갈아 봤다. 무영은 점점 충격적으로 변해가는 아저씨의 눈길을 그대로 읽었다. 무영은 엘리베이터의 닫힘 버튼을 세게 반복해서 눌렀다. 경비원은 엘리베이터로 다가오려 했다. 그림자는 이상한 '끼익, 끼익' 하며 웃는 것 같기도 하고, 우는 것 같기도 한 소리를 낸다. 경비원은 혐오 섞인 놀란 표정으로 그림자를 눈으로 훑으며 무영에게로 다가왔다.

무영은 엘리베이터 '닫힘' 버튼을 툭툭툭툭, 반복해서 눌렀다. 다행히도 엘리베이터 문은 경비원이 무영에게 오기 전에 닫혔다. 무영은 한숨을 내쉰 후, 죄라도 지은 듯한 기분으로 거울을 쳐다봤다. 자신을 제대로 살피지 않은 한 달여 사이, 거울 속에는 몰라보게 달라져 있는 낯선 여자가 서 있었다. 수척하고 퀭한 얼굴을 하고 있는 스스로의 얼굴이 못내 애처로웠다.

'십이 층입니다. 문이 열립니다.'

엘리베이터가 열리고 드디어 집 현관문이 눈앞에 보였다.

"힉, 히힉, ㅎㅎㅎ."

그림자는 괴상한 소리를 내고 있었다. 무영은 허둥지둥 번호를 찍고 집 안으로 들어갔다. 현관에 들어와 걸쇠까지 단단히 잠그자 다리에 힘이 풀려선 그대로 주저앉아버렸다.

*

그 후로 무영이 방 밖으로 나가는 일도 거의 없어졌다. 부엌에서 대충 생을 연명할 정도의 식량을 싸서 재빨리 무영은 방 안으로 다시 들어오곤 했다. 무영의 방은 어둠뿐이었다. 그림자가 없는 어둠의 공간. 무영은 침대에 누워 하루를 ASMR을 듣는 데 보냈다.

무영에게 생긴 이상한 그림자는 성장의 증거, 어른됨의 딱지가 아니었다. 무영에게 그림자는 어두운 내면 그 자체였고, 우울함의 극치였다. 이렇게 쭉 남들에게 피해만 주고, 나 자체로도 아름다워질 수 없는 존재라면 일찍이 그냥 존재를 포기하는 것이 낫지 않을까, 하는 생각이 무영을 지배했다. 무영은 더 이상 웃지 않았고, 거울을 보는 일이 없어졌으며, 온통 어둠 안에서 ASMR만을 보며 살고 있었다.

무영은 잘 모르고 있었다. 그 순간에도 그림자는 커지고 있음을. 무영이 안도를 느낀 그 어둠의 공간은 사실은 그림자였고, 그렇게 무영 자신도 천천히, 그림자로 잠식되어가고 있음을.

5

그날의 재구성

'삘리리리리–'

예능국의 가장 인기 있는 파티션 안에 잔뜩 성이 난 것 같은 벨소리가 울려퍼졌다. 피곤에 절은 표정으로 편집실에서 나와 잠시 팀에 들르러 마침 그 앞을 지나던 엄 피디는 왜 전화를 안 받냐고 짜증을 내려다가, 한 명도 남김없이 퇴근한 것을 알게 됐다. '아, 이런 잡일까지 내가 왜 해야 하나' 싶다가 내일부터 꼼짝없이 철야 작업을 시킬 거니까 오늘은 일찍 퇴근하라고 인심을 쓰며 말했던 몇 시간 전 자신의 모습이 떠올라 그는 군말 없이 수화기에 손을 뻗었다. 편집을 하다 보면 가끔 시간 개념이 없어진다. 엄 피디는 빨간 패딩의 주머니에 한쪽 손을 집어넣고 다른 손으로 수화기를 집어 들었다.

"네, '섀도우 메이커' 팀입니다."

"……아……저……"

육십 대 중반쯤 되어 보이는 남성의 목소리였다. 꽤나 떨고 있는 것으로 봐서는 제보를 할지 말지 굉장히 고민한 것 같이 들렸다. 늘상 이런 제보 전화 같은 것이 걸려왔기에, 엄 피디는 연락처를 받아놓을 생각으로 펜 하나를 들었다. 내일 작가한테 다시 전화해보라고 해야지, 생각했다.

"네, 말씀하세요."

엄 피디가 눈을 반쯤 감고서 펜을 잡고 제보 내용을 메모하려고 상체를 숙이며 말했다.

"저, 제보 좀 하려고 하는데유."

표준어를 사용하려고 부단히 노력하는 어눌한 충청도 사람이다, 엄 피디는 수화기 너머 남자에 대해 분석하기 시작했다.

"네, 어떤 일이시죠?"

"그림자가요……."

"네, 그림자가요?"

"그림자가!"

"그림자가?"

엄 피디의 독촉에 남자가 겁을 먹은 목소리로 말한다. 말하기 쉽지 않은 모양이다. 엄 피디는 고개를 들어 시계를 본다. 밤 열 시. 이렇게 늦은 시간에 떨리는 목소리로 제보를 하는 이런 경우는 잘 아는 사람일 가능성이 높지. 그래서 방송에 제보를 하기 어려운 거다. 그런데 그건 그만큼, 섭외 요청을 하기에는 용이하다는 뜻이지, 그는 이미 계산을 하고 있었다.

"마……말을 하는 걸 들었어유!"

제보자는 몇 번을 움찔움찔하더니 단숨에 소리치듯 말을 토해냈다. 제보자의 이야기를 듣는 순간, 엄 피디는 입가에 의미심장한 웃음을 띠고는 눈을 번쩍 떴다. 그래, 이거다. 걸렸구나, 드디어.

침착하게 말하며 그는 이게 대형 사건이라는 것을 직감했다. 피디로 짬밥을 십 년 정도 먹으면 이 정도 감은 단박에 오는 법이었다. 그리고 그 예감은 틀린 적이 없다. 이번에도, 그랬다.

엄 피디는 좀 더 자세한 이야기를 듣고 싶다며 수화기를 고쳐 잡았다. 졸리던 눈이 번뜩 떠졌고, 입가는 저도 모르게 씰룩대기 시작했다. 아직은 제보자가 망설이는 것 같으니, 천천히. 마치 이 제보에 아무런 관심이 없는 것처럼 행동해서, 제보자를 안심시킨 후 모든 것을 말하게 하는 것이 그의 방식이었다.

엄 피디는 섭외와 관련해서 도움을 주셨으니 보상을 해 드려야 하는데, 그러려면 일단 만나는 것이 좋지 않겠냐며 제보자에게 편한 시간을 물었다. 보상을 핑계로 만나서 제보가 진짜인지, 또 진짜라면 어떤 식의 목소리를 들었는지 알아볼 생각이었다.

엄 피디는 너그러운 척, 모든 이야기를 들을 준비가 되어 있는 척하며 제보자와 약속을 잡는 데 성공했다. 조금 망설이던 제보자와 약속을 잡은 후로는, 조심히 수화기를 내려놓고 다른 팀에 들리지 않게 조그맣게 웃었다. 이번 촬영, 아마 초대형이 될 수도 있겠다는 예감이 든다.

방송국에서 잔뼈가 굵은 엄 피디조차도 '그림자가 말을 한다'는 건 소문으로만 들어본 일이었다. 아주 잠깐 시청률이 떨어졌을 때 극도로 불안해진 나머지, 옛날 기록에 분명히 그런 사람이 있다던데 왜 그런 사람을 못 찾냐며 작가들을 엄청나게 닦달한 적이 있었다. 이제는 거의 사람 찾기의 전문가가 된 '섀도우 메이커' 팀의 작가들조차 '그림자가 말을 하는 사람'을 끝내 찾아내지 못하자, 그 집요한 엄 피디도 그것은 그냥 신화처럼, 이야기 속에서나 존재하는 것으로 알았다.

엄 피디는 제보자의 이야기가 사실이라면, 당장 다음 주 촬영분을 한 주씩 미루고 이번 제보부터 촬영해야겠다고 생각했다. 그의 머릿속에는 이미 촬영 일정이 쫙 전개되고 있었다. 우선은 작가에게 전화를 걸어 어서 제보자와 만나보자고 말할 생각이었다. 그는 핸드폰 속에 저장되어 있는 김 작가의 전화번호를 꾹꾹, 눌렀다. 그리고는 '어, 난데!' 하며 세상에서 가장 반가운 목소리로 신나게 말하기 시작했다.

*

어눌한 표준어를 구사하는 육십 대 제보자와 만난 뒤, 그림자가 말을 한다는 사실 확인을 마친 김 작가와 엄 피디의 머릿속엔 시청률 생각뿐이었다. 둘은 나란히 머리를 맞대고 따뜻한 국물을 떠먹고 있었다. 엄 피디는 오랜만에 김 작가에게 갈빗대가 네 개나 들어간 비싼 갈비탕을 사주면서 이번에 최대한 자극적으로 잘 뽑아보자고, 평소답지 않게 비싼 결심도 주고받았다. 후룩 후룩, 숟가락으로 바쁘게 갈비탕 국물을 입 안으로 떠넣던 김 작가는 오랜만에 엄 피디의 당찬 출사표를 듣고는 빙그레 웃어 보였다.

“그 경비라는 사람이 목격을 못 했으면 큰일 날 뻔했지. 이런 대박을 놓치면 너무 아쉽잖아. 그치?”

엄 피디가 말했다.

“그러게, 그렇게라도 목격한 게 진짜 다행이죠. 인터넷이 조용한 것을 보면 여태 혼자서 잘 숨긴 모양이던데.”

“그래도 이렇게 대단한 구경거리는 서로 공유해야지, 안 그래?”

“어떻게 쓸지 다 생각이 있으니까 걱정하지 마세요.”

김 작가는 후후, 웃으며 깍두기 하나를 입 안으로 쏙 집어넣고 아작아작 소리가 나게 씹었다.

“근데, 말을 한다는 건 확실한 거야?”

엄 피디가 식탁 위에 팔꿈치를 올린 채로 팔짱을 끼고, 작가에게 상체를 기울이며 말했다.

“웃음소리를 들었다는데, 아마 그럴 거예요.”

깍두기를 입 안 가득 문 김 작가가 말했다.

“저도 솔직히 그동안 그림자 연구를 진짜 많이 했는데, 이런 경우를 실제로 보는 건 처음이에요. 다들 문서로 그런 경우도 있다더라, 하면서 대충 넘어가서 그냥 신기해 하기만 했는데. 아니, 난 그런 거는 조선 시대 기록물에나 있는 건 줄 알았지."

"그러니까 말이야. 이번 건은 뽑아내기만 하면 대박인데. 진짜로 잘해보자. 그 친구 부모님한테 먼저 연락드리고 설득하는 게 문제네."

엄 피디가 새삼 진지해져서는 말한다.

"일단 재출연이 딸에게 도움 될 거라고 설득해보는 거 어때? 계속 실내에만 박혀 있었을 테니, 부모님도 뭔가 전환점이 필요하다고 생각할 거야. 생각보다 설득하기 어렵지 않을 수도 있어."

"그럼요. 지난 출연자였으니까 연락처도 있고, 이미 다 생각해놓은 게 있다니까요. 걱정하지 마세요, 후후."

"얼른 일정 다 미뤄야겠어. 이번만 성공하면 이 주 분량으로 뽑고 휴가 좀 가자고. 우리 작가님 오랜만에 좀 쉬셔야지."

엄 피디가 인자한 미소를 지으며 말한다.

"휴가요? 웬일이야. 너무 좋네. 그래서 말인데요, 피디님. 이번에는 '애프터서비스 특집'이라고 이름 지으면 어때요? 저희 섀도우 메이커는 이렇게 애프터서비스도 확실하다고 하면서요. 돈 조금 더 들여서 잘나가는 개그맨이랑 아이돌 섭외해서 시청률 뽑아보죠."

"좋아, 하하하하!"

"저도요, 호호호호!"

둘은 다정다감하게 서로를 쳐다보며 웃었다. 엄 피디는 갈비탕이 자신을 먹는 건지, 자신이 갈비탕을 먹는 건지 도통 모를 정신으로 핸드폰에 코를 박고선 이리저리 도움을 줄 만한 인물들에게 연락을 하느라 바빴다. 작가 역시 어떻게 하면 자극적으로 화면을 만들지 고민하며 국물을 후루룩 마셨다. 갈비탕 집에 때아닌 훈풍이 불고 있었다.

*

디데이. 촬영 날.

김 작가는 부지런히 만들어지고 있는 세트장을 보면서 뿌듯함을 느끼던 중이었다. 지난 한 달은 그야말로 폭풍과도 같았다. 누군가 지난 한 달에 대해 물으면, 세상 누구보다 열심히 살았다고, 아니 다시 살아도 절대 그렇게 못한다고 자부할 수 있을 정도였다.

이리저리 자료를 수집하고, 그것을 정리하고, 어떻게 쓸 건지 회의하고, 회의한 끝에 드디어 하나의 작품이 탄생하는 순간이었다. 이걸 보려고 집에 들어가지 않은 것도 벌써 며칠째인지 셀 수 없었다. 그만큼 작가에게 무영의 일은 큰 사건이자, 대충 다뤄져서는 안 되는 에피소드였다.

'준비 과정에서 제일 어려웠던 점은요, 음……, 아무래도 다시 출연해보는 것이 어떻겠냐고 주인공을 설득한 일?'

세트가 착착 준비되어가는 것을 지켜보던 김 작가는 마치 인터뷰를 하는 것처럼 눈썹을 씰룩거리며 마음속으로 혼자 질문을 하고 대답을 했다. 지금 그녀는 세상에서 자신이 제일 기특했다. 마음 같아서는 잠시 유체 이탈이라도 해서 궁둥이를 팡팡 두드려주고 싶은 심정이었다.

실제로, 촬영을 준비하는 과정 중에 가장 힘들었던 일은 주인공을 프로그램에 출연하도록 설득하는 것이었다. 무영이 촬영 후 어둠 속에 갇혀 바깥과 전혀 소통하지 않는 상황이라고, 부모님은 설명했다. 학원에 보내려고 등록까지 해놨는데, 멋대로 그만둬버렸다고도 했다. 원래 그런 애가 아니었는데, 어디까지 부모를 실망시키려고 하는지, 요즘 방 안에만 틀어박혀서 지내는 딸을 생각하면 부끄럽고 분통이 터진다며, 한 번 터진 하소연은 봇물 터지듯 흘러나왔다. 작가는 그것을 꼼꼼히 듣고 메모했다. 작가는 그동안 출연자를 섭외해왔던 경험을 살려, '이것이 따님에게 도움이 되는 일'이라고 설득했고, 그 이야기를 들은 부모님은 생각보다 쉽게, 촬영을 허락해줬다.

자료 조사를 위해 주인공의 친구로 출연했던 친구 해은에게도 전화를 해봤지만, 해은이라는 친구는 '섀도우 메이커' 팀이라고 밝히자마자 또 무슨 짓을 하려고 그러냐며 다짜고짜 화를 냈다. '친구 무영의 그림자가 말을 하기 시작했다던데, 뭐 알고 있는 것 없나요?'라고 묻자 충격을 받았는지 어버버하더니 금방 전화를 끊어버렸다. 아는 게 없구나. 에잇, 남이사, 무슨 상관이람. 우리한테는 이만큼 대박인 사건이 없으니까 그렇지.

문제는 주인공을 설득하는 일이었다. 부모님의 말에 따르면, 주인공은 하루 종일 방에 처박혀서는 핸드폰만 만지고 있다고 했다. 핸드폰으로 대체 뭘 하기에 그걸로 하루 종일을 보내나 생각이 들었지만 뭐, 쓸데없는 인터넷 서핑이나 했겠지 하며 크게 신경 쓰지 않았다.

그 사이 무영은, 눈에 보이는 뻔한 유형의 사람이 되어 있었다. 늘상 봐오던, '그림자가 없는 사람'의 표본. 집 안에 틀어박혀서는 아무것도 하지 않고 누워만 있는 부류. 이미 김 작가가 많이 만나왔던 사람들이었다.

김 작가는 그들을 상대하는 방법을 너무나 잘 알고 있었다. 대충 이런 부류는 무기력에 빠진 사람들이 많으니까,

상대방의 자존심을 자극하는 방법보다는 잘 타이르는 방법이 훨씬 잘 먹혔다. 이번 방송이 무기력한 인생을 바꿔놓을 수 있는 계기가 될 수 있을 거라고, 최대한 부드러운 말투로 끊임없이 설득하면 십중팔구는 한 달 이내로 오케이를 하곤 했다.

하지만 그렇다고 무작정 지금까지 해왔던 방법을 쓸 수는 없었다. 무기력하다는 패턴은 같지만, 기존 출연자들과는 차이가 있는 것이 사실이었다. 우선 무영은 이미 그림자가 있는 상태였고 이미 우리 프로그램에 촬영한 전적이 있다. 그 말인즉슨, 타이르는 전략은 이미 한 번 써먹었기에 잘 먹히지 않을 수 있다는 것이다. 김 작가는 신중에 또 신중을 기울였다. 부모님의 방문 허락을 받고 무영의 방문을 두드렸을 때 너무 긴장을 한 탓에 손에 땀이 찬 것이 스스로 느껴질 정도였다.

무영은 방문을 열도록 허락하지 않았다. 방문을 열면 그림자가 생긴다고 소리를 질러댔다. 그림자를 계속 숨기는 것을 보니, 정말 뭔가 있긴 있구나, 생각하며 김 작가는 무영을 계속해서 설득했다.

괴로워하는 무영의 목소리를 들으며, 무영의 부모님은 딸에 대한 걱정에 잠시 마음이 약해지기도 했다. 김 작가는 그럴 때마다 프로그램에 한 번 더 출연해 문제점이 무엇인지 제대로 파악하는 편이 진짜로 무영 양의 미래를 위하는 길이라고 힘주어 말했다. 그러면 부모님은 그 말을 정말로 믿고는 불안하게 손을 더듬으면서 한 발짝 물러났다. 지금 딸이 받을 상처는 분명 그들에게도 상처가 되겠지만, 미래를 위해서라면 지금 아프고 마는 것이 낫다고 생각했기 때문이다.

섭외까지 이 주가 꼬박 넘게 김 작가는 매일같이 무영의 집을 방문해 무영의 방문 앞에서 무영을 설득했다. 무영을 설득하는 일이 하루의 일과가 되어갈 즈음, 무영이 자신에게 생각할 시간을 달라 말했고, 김 작가는 연약해진 무영의 틈새를 비집고 들어갔다.

'무영 양은 이렇게 계속 살고 싶어요? 고쳐보고 싶지 않아요?'라는 말로 꼬시기도 해보고, '그렇게 살 거면 변화가 없어요. 평생 그냥 그렇게 살 거예요, 무영 양은.'이라며 구임자를 흉내 내어 마음에 없는 독설을 하기도 했다. 그리고는 마침내 방송국까지 철통 보안을 유지하고, 최대한 가는 길을 그늘로 만들어주기로 약속한 다음 무영을 설득하는 데 성공했다.

김 작가는 너무도 뿌듯해서 길을 가는 아무나 붙잡고, '오늘 내가 어떤 사람을 섭외했는지 아냐'며 자랑을 늘어놓고 싶었다.

세트를 구경하는 김 작가의 앞에 '애프터서비스 특집'이라는 커다란 형광색 알림판이 붙었다. 엄 피디가 큰맘 먹고 새로 장만한 세트라더니, 돈 좀 들인 티가 나네, 생각했다. 작가는 점점 완성되어가는 세트를 보면서 여기서 그동안 고생해서 쓴 이야기가 방송되고, 큰 반향을 일으키는 모습을 상상했다. 그러는 그녀의 앞에, '이번 분기도 성공'이라는 핑크빛 미래가 펼쳐져 있는 것 같았다.

*

촬영 세 시간 전, 구임자가 도착했다. 메이크업을 받고, 리허설을 하려면 꽤 빠듯한 시간이었다. 김 작가는 구임자에게 가서 오늘 촬영분에 대해 설명했다. 구임자는 이야기를 듣자마자 눈이 두 배로 커졌다. 구임자는 "어머, 어떻게 해." 하며 두 손으로 입을 가리고는 호들갑을 떨었다. "어머, 자기. 어디서 이런 애를 데리고 왔어. 이번에도 대박이다, 진짜." 잔뜩 콧소리를 내며 말하는 구임자를 김 작가는 사랑스런 눈길로 쳐다봤다. 어깨를 톡톡 치며, 이번에도 선생님의 역할이 중요하다고 은근히 구임자를 띄워줬다. 구임자는 넉살 좋은 웃음을 지어 보이며, 자기만 믿고 마음 놓고 있으라고, 김 작가를 향해 활짝 웃으며 지나갔다.

피디들은 동선 체크, 다른 스태프들은 세트 체크, 작가들은 소품을 체크하고 있었고, 코디와 스타일리스트들은 담당 연예인을 챙기느라 부산하게 움직였다. 작가는 왠지 모를 뿌듯함에 눈썹을 찡긋해 보이고는 자신을 부르는 막내 작가의 목소리에 맞춰, 콧노래를 부르며 걸음을 옮겼다.

*

"스탠바이 할게요, 전 스태프 준비해주세요!"

정신없는 움직임. 김 작가는 무대 뒤편의 빛이 잘 들지 않는 곳에 무영을 위해 미리 자리를 하나 만들어놓았다. 무영은 그 자리에 앉아 멍하니 앞을 바라보고 있었다. 꿈 같았다. 이 자리에 다시 오다니, 다시는 오지 않을 거라고 생각했던 곳인데.

무영은 틈새를 통해, 빛 속에서 저마다 바쁘게 움직이는 사람들의 모습을 봤다. 쭉 방에서 지내느라 시간이 어떻게 가는지도 모르고 있었다. 가야 할 곳이 없고, 해야 할 일이 없다는 것이 얼마나 다행인지 몰랐다. 방 안에만 처박혀 시간을 보낸 지가 얼마나 됐는지 가늠도 되지 않았다. 무영은 깨어 있는 시간에는 ASMR을 듣고 아주 조금이나마 위로를 얻었고, 그 외의 시간에는 쭉 잠을 잤다. 밥을 먹거나, 화장실을 가거나, 생존에 필요한 행위를 하는 시간도 최소한으로 줄였다.

어둠 속에서만 생활하다 보니 그림자와 만날 일도 없었다. 무영은 차라리 그게 나았다. 그림자와 만나서 싸움을 하느니 차라리 이렇게 폐인처럼 있는 것이 마음이 편했다. 그림자와 무영이 싸우는 사이에도, 세상은 그대로였다.

얼른 돈을 벌고, 뭔가 되어서 자랑스러운 딸, 부러운 친구가 되고 싶었는데. 그런 생각이 들면 그냥 하염없이 우는 수밖에 없었다. 당장 한 치 앞이 보이지 않았다. 당장 무엇을 해야 할지, 뭘 해서 먹고 살아야 할지 감이 오지 않았다. 그냥 모든 것을 접고 공무원이 되자니 스스로가 너무 무책임한 인간이 되는 듯한 느낌에 사로잡혔다. 나도 꿈꾸는 사람이었는데, 반짝반짝거리는 사람이었는데.

공무원에 도전하겠다고 어렵게 마음을 먹었다가도, 그저 안위를 걱정하는 데 온 삶을 쏟는 한심한 인간이 된 것 같아 자신의 온 빛이 바래는 것처럼 느껴졌다. 모든 가치가 사라지고, 그동안의 삶이 전부 부정당하는 느낌이 들었다. 무영은 그게 끔찍했다. 그런 감정 속에서 빠져나올 수 없다는 것이 무영을 몸서리치게 만들었다.

그렇다고 무영이 아무 노력도 하지 않은 것은 아니었다. 언제나 그랬듯 그녀는 자신이 할 수 있는 최선을 다하고 있었다. 무영은 오래 누워 생각한 결과, 가장 큰 문제는 이상하게 생긴 저 그림자이며, 이를 고치기 위해서는 먼저 그림자에 대해 알아야 한다고 생각했다. 그래서 무영은 ASMR을 들으며, 핸드폰으로 자신과 같은 사례가 없는지 꼼꼼히 찾아보기 시작했다. 그런 경우가 있다면, 당연히 고칠 수 있는 방법도 있을 거라고 믿었다. 그것이 스스로를 어둠 속에서 꺼낼 수 있는 방법이라고 생각했다.

처음에는 대형 포털 사이트의 지식인 코너나 사람들이 대거 모여 있는 커뮤니티 사이트를 뒤졌다. 그러면 글 오백 개 중에 한 개쯤, 그림자가 이상하게 생겨 고민이라는 글이 이따금 있긴 했다. 하지만 그 글들은 무영에게 큰 도움이 되지 못했다. 왜냐면 모두 그림자의 부분적인 변형을 고민하는 글이었기 때문이다. 예컨대, '그림자의 손가락이 네 개입니다'와 같은 것들.

누군가가 엄청난 고민이라면서 사실은 자신의 그림자는

손가락이 네 개라는 식의 고민글을 올리면 동정과 연민이 섞인 답변 몇백 개가 삽시간에 주르륵 달렸다. 사람들은 모니터 너머에 있는 사람의 그림자에 손가락이 하나 없다는 사실을 엄청나게 안타까운 일인 양 함께 슬퍼해주고 이상하게 여겼다.

도저히 도움이 되는 글을 찾을 수 없자, 무영은 학교 도서관 홈페이지에 들어가 '그림자'를 검색어로 논문을 찾아보기 시작했다. '그림자의 형태 변화에 대한 사례 연구'부터 '그림자의 언어의 신화에 대한 조사'와 같은 그림자와 관련된 논문을 모두 읽어봤지만 하나같이 결론은 '정확한 원인 규명 불가'였다. 그림자는 개인의 일생과 밀접한 관련이 있어 특정 원인만으로 설명할 수 없으며, 애초에 그림자의 변형이나 그림자가 말을 하는 연구 사례가 너무 적기 때문이기도 했다. 논문들은 모두, 정확한 원인을 짚어 규명하기는 불가능하나 그림자의 주인이 '회복이 어려운 충격적인 외상이나 도저히 감당할 수 없었던 큰 충격'을 받았을 때 간혹 그림자의 변형이 생기거나 소리가 발생할 수 있다고 주장했다.

'큰 충격.'

모니터에 적힌 세 글자에 무영의 시선이 가닿았다. 무엇 때문에 나는 그토록 충격을 받은 걸까. 그림자가 생기고, 그것을 달고 다니며 평생을 사는 것은 어찌 보면 누구나 하는 쉬운 일인데 왜 나에게는 유독 어려웠을까. 다들 잘 하는데, 왜 나만 이렇게 유난을 떨며 힘들어하는 걸까, 생각했다.

스스로가 세상에서 제일 나약한 것처럼 느껴졌다. 누군가 나만 힘들라고 목을 쥐고 흔드는 것 같았다. 이러고 있을 시간이 없는데. 빨리 털고 일어나 얼른 뭔가를 해서, 그래서 뭔가가 되어야 하는데 이까짓 고통에도 참지 못하고 무너져서는 골골대는 꼴이라니, 스스로가 초겨울날 하릴없이 거리를 뒹구는 구멍 난 낙엽처럼 별 볼 일 없게 느껴졌다.

지금 자신이 아무것도 아니고, 아무것도 할 수 없는 존재라는 사실에 슬퍼하던 와중에 핸드폰이 울렸다.

띵동—

새로운 메시지(999)

차해은(182)

방송국에서 전화왔었어. 혹시 몰라 연락한다.

무영은 컴퓨터 책상 옆 지잉거리는 핸드폰에 저절로 눈길이 갔다. 새로운 메시지가 띄워진 핸드폰 화면 속에는 옛 친구의 이름이 떠 있었다. 가만히 넋을 놓고 화면을 바라보니 한 번 더 지잉, 진동이 울렸다.

차해은(183)
그냥 알아두라고.

무영은 친구의 연락을 가만히 바라보기만 하다가 핸드폰을 집어들었다. 방송국이라니 이게 무슨 소리인가 싶어 친구의 메시지에 확인 버튼을 눌러 183개의 '1'을 모두 지워버렸다. 그림자를 들킨 건가, 생각하다가 곧 민망함이 몰려왔다. 답장을 해야겠다는 생각으로 채팅창에 '고마워'라는 글자를 찍었다. 하지만 오래도록 고민한 후 보낸 것은 '미안해' 세 글자뿐이었다.

아니나 다를까 얼마 지나지 않아 '섀도우 메이커'의 메인 작가라는 사람이 무영의 집을 방문했다. 다짜고짜 무영을 향해 영원히 그렇게 살 거냐고, 다시 일어나고 싶지 않느냐고 물었다. 무영은 누구보다 문 너머에 있는 작가의 질문에 대답하고 싶었다. 아니라고, 이렇게 살고 싶지 않다고, 소리치고 싶었다.

타이밍 한번 절묘하지. 마침 무영이 가장 약해져 있을 때, 김 작가는 다시 무영에게 찾아와 말을 걸었다. 무영은 첫날엔 작가가 미웠다. 하지만 둘째 날이 되고 셋째 날이 되고, 시간이 갈수록 어쩌면, 어쩌면, 지금 내 그림자를 고쳐줄 수 있을지도 모른다고, 마음이 약해지기 시작했다. 나는 다시 반짝거리는 사람이 될 수 있을지도 몰라. 누군가 나를 수면 위로 끌어올려 줄지도 몰라, 기대하기 시작했다.

그리고 지금 무영은 빛나는 세트장 뒤편, 어둠이 깔린 구석에 혼자 덩그러니 앉아 있다. 손을 내려다보니 자신도 모르는 사이 손끝이 벌벌 떨리는 것이 눈에 보일 정도였다. 무영은 세차게 고개를 가로저었다. 그동안 수많은 논문을 독파하며 그녀가 깨달은 것은 그림자와 관련된 치료는 인터넷에 퍼진 돌팔이 같은 민간요법으로는 절대 이뤄질 수 없다는 것이었다. 어쩌면 나에게 딱 맞는 조언을 해주는 곳에서 한 번만 꾹 참고 견디는 것이 훨씬 도움이 될지도 모른다는 생각으로 출연을 결정했다. 무영은 긴장감에 볼을 벌벌 떨면서도 입으로는 괜찮아질 거야, 괜찮아질 거야, 하며 자기 최면을 걸었다.

손이 쉼 없이 떨려왔다. 지난번 이곳에 왔을 때와 똑같은 기분이 들었다. 반신반의. 그러다가 지난 촬영 때의 기억이 떠오르자 불안감이 훅 밀려왔다. 무영은 고개를 세차게 가로저었다. 그런 불길한 생각은 하지 말자. 손을 싹싹 비비고 관절을 꺾자 두둑거리는 소리가 났다. 땀이 나서 손바닥이 미끄러웠다. 후우. 깊게 심호흡을 한다. 저런 것쯤 아무것도 아니야. 그래, 그렇게 서고 싶던 무대였잖아. 내가 주인공인 연극에 서는 거야. 그렇게 생각하자. 그렇게.

*

"하이, 큐!"

큐 사인과 동시에 배경 음악이 크게 깔리고, 전에도 그랬듯 진행자가 활발하게 나와서 멘트를 시작한다. 오른손에는 마이크를, 왼손에는 대본을 들고 활짝 웃으며 진행자가 무대로 등장하자, 준비하고 있던 방청객들이 너 나 할 것 없이 크게 환호하며 박수를 쳤다. 진행자의 그림자도 기분이 좋은 듯 그의 움직임에 따라 알맞게 꿀렁거렸다.

"당신의 그림자를 찾아드립니다! 꿈이 없는 젊은이들의 마지막 갱생 프로젝트 '섀도우 메이커', 오늘도 여러분께 제대로 빛을 보여드리겠습니다!"

방청객들은 진행자가 멘트를 할 때는 살짝 박수를 멈췄다가, 다시 크게 소리를 질렀다. 앞에서는 방청객들의 환호성 소리를 조절하는 조연출의 손길이 현란하다. '박수!'라는 팻말을 들고 있던 조연출은 '점점 작아진다'라는 팻말로 바꿔 들었다. 방청객들의 환호성과 박수가 조금 잦아들자 조금 전까지 밝은 표정으로 카메라를 향해 인사를 건네던 진행자가 호기심이 넘치는 표정으로 마이크를 입에 대고 말하기 시작했다.

"오늘은 '섀도우 메이커' 최초로 진행되는 특별한 에이에스, 즉 애프터서비스 특집으로 여러분들을 초대합니다! '섀도우 메이커'에서 그림자를 만들어간 주인공의 그림자에 문제가 생겼다고 하는데요, 어떤 사연인지 궁금하시죠? 기대해주시기 바랍니다."

진행자의 오프닝 멘트가 끝나자 지미집 카메라가 붕 뜨더니 진행자로부터 훽 멀어져 세트 전체를 비췄다.

무영은 여전히 세트의 뒤쪽, 어둠 속에서 모두의 모습을 바라보고 있었다. 세트의 모양은 바뀌었지만, 대체로 그대로였다. 유명한 개그맨과 요즘 선풍적인 인기를 끌고 있다는 아이돌이 게스트로 앉아 있고, 반대편에는 도도한 표정으로 다리를 꼬고 구임자가 앉아 있었으며, 그 가운데에서 진행자가 방청객들을 보며 분위기를 한껏 띄우고 있었다.

무영은 그 가운데로 나가야 한다는 것을 누구보다 잘 알고 있었다. 겁이 났다. 오늘은 또 어떤 소리를 들을까. 덜컥 초조한 기분부터 들었다. 저쪽은 시끌시끌 모두가 빛 속에서 기분 좋게 웃고 있는데, 나 혼자만 여기 어둠 속에 갈 곳 없이 떠돌고 있는 기분이었다. 제대로 듣지는 못했지만, 저쪽에서 진행자가 게스트들을 한참 소개하는 것 같더니, 작가 팀에서 한 명이 무영의 뒤로 와 등을 톡톡 두드리며 속삭였다.

"일 분 뒤 스튜디오 열리면 앞으로 나가시면 됩니다."

무영은 그 작가를 향해 작게 고개를 끄덕거렸다. 저 밖으로 나가면 온통 사람들이 내 그림자에 대해 생각하고 말하겠지? 나는 어떻게 하지? 어떤 표정을 지어야 하지?

밖은 시끌시끌했다. 그리고 진행자의 목소리가 크게 나더니, 곧 덜컹 하는 소리와 함께 스튜디오의 문이 열리기 시작했다. 무영은 몸이 바짝 얼어붙어 움직일 수 없었다. 무슨 표정을 지어야 할지 한참 고민하다가, 최대한 자연스럽게 보이기 위해 입꼬리를 올려봤다. 그러자 볼에 경련이 인다. 오랫동안 무표정으로 지내다가 이제 와서 미소를 지어 보이려니 얼굴 근육도 온 힘을 다해 저항하는 모양이었다.

세트가 열릴수록, 밝은 조명이 무영이 서 있는 세트 안쪽까지 비추기 시작했다. 오랜만에 빛을 본 무영은 눈이 부셔, 팔을 들어 눈을 가렸다. 무영의 발에는 한 번도 경험해 본 적 없는 밝은 빛에 놀란 듯한 그림자가 잔뜩 쪼그라든 채 대롱대롱 매달려 있었다. 무영이 밝은 빛에 눈을 길게 감았다가 천천히 뜨자, 그림자도 준비가 된 듯 점점 제 크기에 맞게 몸을 불려갔다. 무영은 천천히 걸어나가 메인 작가가 미리 귀띔을 해준 대로 무대 중심에 섰다. 그러자 그림자도 금세 무영의 키보다 훨씬 커져서 스튜디오 한가운데를 차지했다.

여전히 무영의 표정은 굳은 채였다. 입꼬리가 씰룩대는 것을 보면 분명 웃고 있는 것 같긴 한데, 눈은 텅 비어 조금의 기쁨도 담고 있지 않았다. 미소를 지으려 노력하고 있는 무영을 발견한 메인 작가는 저도 모르게 눈살을 찌푸렸다. 제대로 웃어지지 않는데 웃으려고 노력하는 표정은 항상 보는 사람을 더 힘들게 만든다.

스튜디오의 전체를 조망할 수 있는 지미집 카메라는 이 순간을 위해 존재하는 듯 무영의 그림자를 찍느라 바삐 움직였다.

방청객들은 한 번도 본 적 없는 이상하고 흉측한 모양의 그림자를 보고 입을 다물지 못했다. 무영이 무대까지 나오는 긴 시간 동안, 스튜디오에는 마치 아무도 없는 것처럼 정적이 감돌았다. 아무도 아무런 말을 할 수 없었다. 그림자에 관해서라면 모든 것을 알고 있다고 버릇처럼 이야기하던 구임자도 한쪽 손으로 입을 막은 채, 미간을 잔뜩 찌푸리고 무영의 그림자를 바라봤다. 오늘의 게스트로 출연한 아이돌 그룹과 개그맨은 여지껏 한 번도 보지 못했던 광경에 놀란 나머지 소리도 내지 못하고 눈동자로만 그림자의 뒤를 쫓았다.

무영의 그림자는 사람들과는 달리 신이 난 듯했다. 한동안 못 보던 빛을 봐서 그런 건지, 아니면 많은 사람들 앞에서 자기를 보일 수 있어 그런 건지, 무영의 발을 기준점으로 온 사방을 헤집고 다녔다. 그러다가 다른 사람의 그림자와 겹치면 그 그림자를 찔러보기도 하고, 사람들의 신발을 쿡쿡 누르기도 했다. 그림자가 무대를 휘젓고 다니자 사람들은 혹여나 무영의 그림자가 자신의 발에 닿을까 봐 얼굴을 잔뜩 찌푸리기 시작했다. 그중 몇몇은 공포에 질려 눈물을 흘릴 지경이었다. 그들은 바닥에 바퀴벌레가 돌아다니기라도 하는 듯 발을 땅에서 뗀 채 소리 없는 비명을 질렀다.

그림자는 무영이 마지막으로 봤을 때보다 더 크고, 더 흉측해진 것 같았다. 무영의 키의 두 배에 달하는 거대한 몸집은 이제 무영을 완전히 감싸고도 남을 만큼의 크기가 되었다. 뾰족하고, 둥그렇고, 가는, 무영과는 전혀 딴판이던 그림자 모양은 더욱 세밀해져 있었다. 그저 둥그렇기만 하던 부분에는 다섯 개의 돌기가 돋아나고 다섯 개의 칼자국이 패인 것처럼 보였다. 그것은 더 이상 추상화가 아니라, 정밀 묘사화와 같았다. 어둠 속에서 무영의 우울을 먹고 자라며 몸집을 서서히 더 불린 모양이었다.

구임자는 그 모습이 역겨웠다. 살면서 이렇게 못생긴 그림자는 처음이었다. 여태껏 예쁘고 잘난 사람들만을 만나고, 또 그에 걸맞은 그림자만 봐오다가 이런 흉측한 그림자를 직접 맞닥뜨리게 된 것은 정말 처음이었다. 구임자는 김작가를 향해 날카로운 눈빛을 보냈다. '이 정도라고는 이야기 안 해줬잖아' 하며 원망하는 표정이었다. 구임자는 꼬았던 다리를 풀었다. 화면에 다리가 길게 나와야 한다며 절대 발걸이에 다리를 올려놓지 않던 그녀지만 꼬았던 다리를 풀어 의자 발걸이 위에 올려놓았다. 바닥에 발을 내려놨다가는 흉측한 그림자가 자신의 발을 건드릴지도 모른다는 생각 때문이었다. 그 유명한 진행자와 잘난 아이돌, 개그맨들도 무영의 그림자를 보고 아무런 말도 할 수 없었다. 그저 멍한 채로, 마치 영화를 보듯이 가만히 보고만 있었다.

무영은 완전히 울 것 같았다. 초조하고 우울해졌다. 무영이 고립된 느낌이 들 때마다 그림자는 더욱 활개 치는 것 같이 보였다.

엄 피디는 화면 속에 비친 무영의 그림자를 보고 속을 알 수 없는 희미한 웃음을 지어 보였고, 김 작가는 진행자를 향해 든 손가락을 휘휘 돌리며, 어서 진행하라는 사인을 보냈다. 그림자를 보고 나서 말문이 막혀 무슨 말을 해야 한다는 사실조차 잊고 있던 진행자는 눈동자를 굴리다가 작가와 눈이 마주쳤고, 그녀의 사인을 겨우 이해하고 다시 마이크를 잡은 손에 힘을 줬다. 놀란 마음에 손이 덜덜 떨리는 것이 방청객 눈에도 보일 지경이었다.

"큼큼, 아, 오……오랜만이에요. 무영 양, 우리 시청자 여러분들께 이……인사 한 마디 부탁해요."

사람들의 표정을 읽고서 고개를 수그리고 있던 무영은 진행자의 목소리에 고개를 확 들고는 대답했다. 느리고, 자신 없는 목소리였다.

"아…… 안녕하세요. '섀도우 메이커' 지난 출연자였던 허무영이라고 합니다."

"죄송해요. 저희가 무영 양 그림자 같은 그림자는 처음

봐서 다들 순간 얼어서 말을 못 한 것 같은데요. 그만큼 오늘 특집에서 무영 양, 굉장히 많이 도움을 받아가실 수 있을 거라고 믿습니다. 음……. 무영 양, 이미 많은 분들이 알고 계실 테지만, 어떻게 '섀도우 메이커'를 다시 찾게 되셨는지 설명해주시겠어요?"

진행자가 손을 부르르 떨며 말했다.

"아…… 네……."

무영이 말을 이었다.

"제가 '섀도우 메이커'에서 그림자를 만들었는데요. 아무래도 그림자에 좀 문제가 있는 것 같아서 이렇게 다시 찾아오게 되었습니다."

무영은 무대 앞에 있는 프롬프터에 쓰여진 대로 읽어나갔다. 미리 김 작가가 써놓은 대본이었다. 대본에 써 있는 글을 읽는 무영의 목소리에는 조금의 생기도 찾아볼 수 없었다.

"네, 어떤 문제죠?"

진행자가 다시 물었다.

"그림자가 이상하게…… 생겨버려서요."

무영이 말꼬리를 늘이며 대답했다. 말해야 하는데, 가슴에 큰 돌이 얹힌 듯 말하기가 쉽지 않았다. 그것이 정상이 아니라는 것을 세상 누구보다 무영이 제일 잘 아니까. 그리고 이것을 말하면 사람들의 표정이 어떻게 변할지 누구보다 잘 아니까. 무영은 눈을 꾹 감고 말했다.

"그리고…… 말도 하구요."

"그림자가 말을 한다고요?"

순간 구임자가 놀라 상체를 거의 튕기듯이 소리쳤다. 구임자가 훅 튀어나오자 무영도 놀라 약간 뒷걸음질을 쳤다.

"으히히히히히."

그 순간 무영의 발밑에서 들려오는, 한 번도 들어본 적이 없는 비웃음 소리에 모든 이의 시선이 다 무영의 발끝으로 쏠렸다. 때맞춰 등장했구나, 너. 그림자는 자신에게 관심이 모아지는 것이 좋은 듯 웃음을 터트렸다. 이 무대와 조명과 관객이 꼭 마음에 드는 듯, 처음으로 주연을 맡게 된 배우처럼 즐거워했다.

구임자가 놀라서 튕겨나가는 바람에 저도 모르게 발을 바닥에 내려놓은 것을 눈치챘는지, 그림자는 빠르게 구임자 쪽으로 옮겨가 신발에 닿을락 말락, 그녀를 약 올리고 있었다.

그림자가 소리를 내기 시작하자 방청객들은 모두 으악 소리를 질렀다. 수군거리는 목소리가 세트 안을 가득 울렸다. 무영도 사람들이 놀라는 소리에 순간 공황 상태로 얼어버렸다.

"나 말할 수 있어. 신기해?"

무영 주변을 빙글빙글 돌며 그림자가 계속해서 말을 했다. 그러다가 이내 다시 구임자에게 멈춰 서서는 구임자의 신발을 간질이는 시늉을 한다. 구임자는 완전히 당황해서는, 이제는 화가 난다는 표정으로 작가를 노려봤다. 방청객들은 놀라 웅성거렸으며, 진행자는 다음에 무슨 말을 해야 할지 완전히 넋이 나간 표정이었다. 구임자와 패널들은 오늘 어떤 주인공이 나올지 미리 공지 받은 상태인데도 충격에 빠진 건 마찬가지였다. 그래 봐야 그림자라고 쉽게 생각해버렸기 때문이다. 애들이 받는 고통이 거기서 거기 아니겠어, 나도 해봤지만 고만고만하더라고, 하며 다들 쉽게 생각해버렸기 때문이다.

그림자가 말을 하는 탓에, 그리고 모두가 갑자기 패닉 상태에 빠진 탓에 촬영은 잠시 중단되었다. 그림자가 말하는 것을 막을 방도가 따로 없으니 패널들은 각자 대기실로 돌아가 십 분간 휴식을 취하기로 했다. 방청객들의 '원활한' 휴식을 위해 무영도 어둠 속으로 다시 들어갔다. 방청객 중 한 명이 무영에게 삿대질을 하며 도대체 어떤 정신 상태면 저런 그림자를 가지게 되냐고 무영의 귀에 들릴 만큼 큰 소리로 그림자를 욕했기 때문이다.

그림자는 그런 소리에도 아랑곳하지 않고 한층 더 기괴한 모습을 뽐내며 이리저리 세트장을 구경했다. 이 상황을 참을 수 없어 무영은 그림자와 함께 어둠 속으로 들어갔다. 그러자 그림자는 다시 어둠과 섞여 잠잠해졌다.

*

약속한 십 분이 훨씬 지나고서야 출연자들은 대기실에서 고개를 빼꼼 내밀었다. 토크부터 시작하자는 피디의 말에 따라 이들은 내키지 않는 표정으로 겨우겨우 각자의 자리에 앉았다. 그냥 그림자일 뿐이라고, 무서워하지 말라고 하는데도 방청객들은 무영의 그림자가 혹여나 몸에 닿을까 봐 여전히 혐오스런 눈으로 그림자의 움직임을 좇았다.

"자, 그럼 시작해보겠습니다. 무영 양, 오랜만이에요."

진행자가 말했다. 방송계에서 이런 일 저런 일, 산전수전 공중전까지 다 겪은 그였지만, 이번 일은 정말로 아슬아슬했다. 녹화 방송이라 다행이지, 생방송이었다면 틀림없이 방송 사고가 났으리라. 그의 커리어에도 심각한 흠이 됐을 것이다. 그는 지갑 속에 들어 있는 아내와 아이들의 사진을 보며 놀란 가슴을 다스렸고, 지금 이 사태를 잘 수습하지 않으면 사랑해 마지않는 이들을 더 이상 먹여 살릴 수 없다고 자기 최면을 걸었다. 그러자 그는 금세 평정심을 되찾을 수 있었다. 진행자는 그림자를 피해 무영에게 싱긋 웃어보일 만큼 여유를 찾은 것처럼 보였다. 그는 속으로 계속 아내와 아이들을 생각했다.

"네, 안녕하세요."

무영도 떨리는 목소리로 대답했다.

무영이 세트 뒤편, 무영을 위해 준비된 어두운 공간 안에서 쉬고 나오는 동안 스태프가 제대로 교육을 시켰는지 방청객석에서는 더 이상 웅성거리는 소리가 들리지 않았다. 다시 녹화가 진행되었고, 저번의 촬영 방식과 동일하게 뒤에 설치된 큰 스크린을 통해 자료 영상이 재생됐다. 저번과 다를 것이 있다면 무영이 방 안에서만 지내는 영상으로만 화면이 지루하게 구성된 것이었다.

계속해서 침대에 누워 웹 서핑(사실은 그림자에 관련한 논문을 찾는 일)을 하거나 유투브를 틀어 ASMR을 듣는 일이 하루 일과의 전부였기 때문에, 딱히 따로 짚어내어 말을 나눌 만한 부분은 없었다. 영상 속의 무영은 어둠 속에서 계속 누워만 있었다. 화면의 아래로 '방송이 나간 직후 방 밖으로 조금도 나오지 않는 주인공'이라는 서글픈 자막이 흘렀고, 부모님이 걱정하는 모습이 오버랩되며 영상이 종료됐다. 저번에 출연했을 때보다 훨씬 단조로운 삶이었다.

*

"무영 양. 귀에 꽂고 계속 보는 게 뭐죠?"

구임자가 대본에 적은 ASMR이라는 글자를 보고 말했다.

"아…… ASMR이에요. 자기 전에 마음 편하게 하려고 듣는 건데요……."

"음, 됐구요. 저게 왜 좋은데요?"

구임자가 ASMR이 무엇인지 설명하려던 무영의 대답을 가로채 말한다.

"음, 사실 저번에도 말했는데……, 그냥 저한테 말해주는 기분이 들어서요. 계속해서 저를 진심으로 위로해주는 것 같고, 편안해지는 느낌이 들어서 자주 듣고 있어요."

'전형적으로 마음이 약해빠진 유형이구만.' 구임자는 생각했다. 무영이 즐겨 듣는 ASMR을 언급할 필요성조차 없다고 여긴 구임자는 다른 질문을 하기 위해 입술을 달싹였다. 그리고 계속해서 무영을 몰아세웠다. 잔뜩 날카로워진 감정만큼이나 그녀의 말투도 한껏 날이 서 있었다.

"무영 양. 저는 그때 우리가 멋진 그림자를 만들어줬던 것으로 기억하는데, 왜 이렇게 됐는지 설명 좀 해주시죠."

"아……. 글쎄요. 저도 잘 모르겠어요. 실내에만 있다가 잠깐 나와보니까 저도 모르게 이렇게……."

무영이 속삭이듯 우물쭈물 말하기 시작했다. 무영은 어쩔 줄 모르는 표정을 지으며, 구임자의 눈도 제대로 마주치지 못하고 있었다. 그러던 중, 날카로운 쇠를 긁는 소리 같은 목소리가 끼어들었다.

"멋지다고요? 멋진 그림자였다고요? 내가요?"

그림자의 목소리였다.

"난 처음부터 이랬어요. 아니, 그렇게 만들어 주셨잖아요. 이래서 안 돼, 저래서 안 돼. 너의 한계는 딱 여기까지다, 이렇게 안 하면 큰일 날 거다, 겁을 줬잖아요. 자꾸 막아놓고 나오지 말라고 좁은 틈 안에 가두려고 그러니까 이리 터지고 저리 터져서 내가 이렇게 된 건데요."

그림자가 말하는 동안 방청객과 구임자는 놀란 표정을 짓고 한동안 말을 잃었다. 아무래도 그림자가 말을 하는 것에 대해 적응이 어려운 모양이었다. 구임자의 눈앞에는 지금, 이해할 수 없는 것들뿐이었다. 지금껏 이런 그림자를 본 적이 없었는데. 난 여태까지 아주 잘해왔는데 왜 이런 게 생겨서는.

"아니, 난 잘 만들어줬어요. 괜히 겉멋만 들어서, 허상에 빠져서는 진짜 꿈도 아닌 것을 가지고 꿈이라고 하니까 내가 도와준 것뿐이에요. 사람이 말이야, 할 수 있는 걸 해야지."

구임자가 악에 받쳐서 씩씩거리며 말했다.

"이상하네요. 그 꿈을 만들어준 게 누군데요?"

구임자의 말이 끝나자마자 그림자가 조금의 틈도 없이 되받아쳤다.

"어른들이잖아요. 적당히 살겠다고 하면 '너는 왜 그렇게밖에 꿈을 못 꾸니, 꿈은 크게 가져야 한다, 요즘 젊은이들은 패기가 없다.'면서, 그럼 이런 사람이 되어보겠다고 하니까 '니가? 그걸 한다고? 넌 안 돼, 못생겨서 안 돼, 돈이 없어서 안 돼, 멍청해서 안 돼.'라고 말했죠?"

그림자가 팔짱을 끼며 구임자가 독설을 할 때 하는 행동을 그대로 따라하며 말했다.

"그럼 어쩌라는 거예요? 아니, 처음부터 원래 다 안 된다는 걸 알고 있었다면 그냥 처음부터 넌 '이건 안 되니 다른 걸 하라'고 말해요. 꿈을 크게 가지라느니 현실이 어떻다느니, 뭐 그런 앞뒤 안 맞는 소리해서 헷갈리게 하지 말구요. 진짜 위선적인 게 누군데.”

구임자가 콧방귀를 세게 뀌며, ‘허, 참, 나!’를 반복했다.

“자네 입맛에 안 맞으면 미리 한계 지어놓고 밖으로 나가지도 못하게 할 거면서 노력 부족이라고 스스로를 탓하게 만들다니. 그게 참 웃긴 거죠, 나는.”

그림자가 무영의 발끝을 빙그르르 돌며 말했다.

“노력해도 안 되는 거였잖아요, 애초부터.”

입술을 잘근잘근 깨물던 구임자는 침착할 필요를 느꼈다. 여태까지 이런 적이 없었는데, 그녀는 지금 자신이 필요 이상으로 흥분을 하고 있다는 것을 깨달았다. 여기서 괴상한 말을 토해내는 그림자 따위에게 지면 그동안 구임자로 살아온 세월에 체면이 서지 않는다. 그림자 연구에 그동안 쏟은 시간이 얼만데. 있을 수 없는 일이었다. 구임자는 눈을 감고 숨을 골랐다.

구임자가 얼굴을 붉히고 심호흡하는 것을 본 진행자는 난감한 표정을 지었다. 여기서 잘못 끼어들어서 자신도 그림자에게 비난을 들었다가는 수습마저 하지 못 할 상황이 될 것 같아 걱정이 됐다. 피디의 지시를 기다리며 빤히 보고 있는 와중에도, 피디는 흥미롭다는 듯한 표정만 짓고서 아무런 지시도 내리지 않았다.

"음……."

잠시 후 생각을 정리한 구임자가 다시 입을 열었다.

이제 모든 시선이 다 구임자를 향해 옮겨갔다. 그림자는 무영의 발끝을 빙그르르 돌다가 구임자의 목소리를 더 잘 듣기 위해 구임자 앞에 멈춰 섰다. 그리고 무슨 말을 할지 궁금하다는 듯이 고개를 갸우뚱거렸다. 그 모습이 괴이하고 소름이 끼쳐서 구임자는 자신도 모르게 턱을 몸 쪽으로 쭉 당겼다.

"그래도 전 그렇게 생각해요, 무영 양."

구임자는 이제 무영을 향해 말하고 있었다. 최대한 그림자를 쳐다보지 않고, 무영과 눈을 맞추려고 했다. 화면에 잡힐 자신의 모습을 생각해서 최대한 인자한 미소를 지으려고 노력하는 중이었다. 고개를 한껏 수그린 채 울먹거리던 무영은 갑자기 이름이 불리자 놀라 고개를 휙 들었다. 구임자가 무영을 향해 편안한 미소를 띠고 있었다.

"무영 양. 전 이게 다 무영 양이 성장하는 과정이라고 생각해요. 남들보다 사춘기를 조금 늦게 겪는 거죠. 남들보다 조금 더 늦게, 그리고 조금 더 혹독하게요. 그런데 누구나 알듯이 사춘기란, 그렇죠? 결국은 지나가는 거예요. 이것도 다

과정이고 우리 무영 양이 성장하고 있다는 증거일 거예요."

'우리'라는 단어가 주는 무게는 대단했다. 얼떨결에 구임자와 한데 묶인 무영은 손끝에서부터 소름 같은 것이 오돌토돌 돋는 것이 느껴졌다. 털이 바짝 서는 기분이었다.

"지금 이 그림자도 마찬가지에요. 무영 양 들으라고 온갖 이상하고 혼란스럽고 말도 안 되는 이야기를 계속하고 있지만, 사실은 무영 양이 지금 크고 있다는 거죠. 생각이 정리되고 있다는 거예……"

"네?"

다시 쇳소리로 그림자가 대답했다. 순간 말이 끊긴 구임자는 난처한 얼굴을 했다.

"성장은 끝났어요. 얘는 상처받은 채로 성장한 거고요. 복잡하게 생각할 필요 없어요."

그림자가 제 몸에 난 돌기를 하나씩 접으며 말한다.

"그, 그런 생각, 물론, 할 수 있죠. 그렇게 혼란스러워하다가 답을 찾는 거고, 그러니까 그게 일련의 과정이라고 하는 거구요. 그게 또 힘드니까 아파야 한다고 다들 말을 하는……"

구임자는 이제 방청객을 향해 말하기 시작했다.

"아니요, 다 그렇지는 않다니까요. 왜 맨날 자기 기준대로 생각하지?"

쉿소리가 구임자의 말을 끊고 대답한다.

"모든 상처가 곧 성장의 증거가 되지는 않아요."

진행자는 구임자와 무영을 번갈아 바라보며 멀뚱히 서 있었다. 붉으락푸르락한 얼굴로 왠지 모르게 점점 더 높아지는 구임자의 목소리를 듣고 있자니, 살얼음판을 걷는 듯 아슬아슬했다. 오늘의 게스트로 섭외된 인기 개그맨과 아이돌들은 꿔다 놓은 보릿자루처럼 자신의 자리를 채우고 있을 뿐이었다. 그림자와 구임자의 대결 구도를 모두가 멀찍이서 구경하고 있었다.

"모두가 자신의 고민과 고통이 제일 크다고 생각합니다. 사실은 모두가 다 겪는 일인데도 말이에요. 지금 무영 양이 겪고 있는 것도 마찬가지라고 생각해요. 우리 모두 알잖아요. 그런 고민들은 하나씩 다들 마음속에 갖고 있잖아요?"

구임자가 방청객을 향해 말한다. 방청객들은 구임자를 가만히 쳐다보다가 한참 후에 '그렇지, 다들 자신의 고민이 최고라고 생각하지.' 하며 맞장구를 쳤다. 이쯤에서 구임자는 방청객을 바라봤다.

"맞아요."

그림자가 기분 좋은 듯 뱅글뱅글 웃으며 말했다.

"그 말은, 무영이한테도 지금 무영이의 고통이 최고라는 말이 되죠. 아니, 자신의 고통이 제일 크다면서 왜 다른 사람이 겪는 고통에는 이렇게 박하죠?"

"뭐, 뭐예요?"

"아니, 그렇잖아요. 그걸 먼저 겪어봤다면 얼마나 괴로울지 스스로 제일 잘 알잖아요. 그러면 적어도 '누구나 다 겪어봤으니 너도 할 수 있어. 그깟것쯤 별거 아니더라고, 빨리 극복해.'라고 말하는 것보다, '그래, 얼마나 힘든지 잘 알아.'라고 말하는 게 먼저여야 하는 것 아니에요?"

그림자가 말했다.

"최소한 이런 일을 겪어본 적이 있는 사람이라면, 지금 무영이에게 할 말은 달라야 해요. 마음을 얼마나 약하게 먹었으면 그런 그림자가 생겼니, 어서 그 그림자를 다잡지 않으면 남보다 뒤쳐진다, 너의 고민도 숱한 고민들 중 하나니까 별거 아닐 거다, 고민할 시간에 더 노력해라, 이렇게 채찍질을 할 것이 아니라 그래, 내가 겪어보니 정말 힘들더라, 이렇게 하면 극복이 되더라, 너도 할 수 있다, 먼저 이런 말을 해주고 방법을 알려주는 게 맞는 거 아니에요?"

"……."

"그냥 더 아프게 하지 못해 안달 난 사람들 같아요."

무영의 눈에서 굵은 눈물이 뚝뚝 떨어졌다. 고개를 푹 숙이고 있던 탓에 눈물은 바닥으로 곧장 떨어져 부서졌다. 그런데 지금 이 순간에도, 아무도 무영이 겪는 고통에 주목해 주는 것이 아니라 말하는 그림자를 신기하다는 듯 쳐다보고 있었다. 그림자의 말에만 귀를 기울이고 있었다. 그림자는 이제, 무영의 목소리로 변해서는 말했다.

"이게 현실이에요."

*

스튜디오 안은 정적이 감돌았다. 구임자는 당장 무슨 말이라도 해야 한다고 생각했다. 이대로 그림자 따위한테 질 수 없었다.

"지금 이래봤자 무영 양은 배우 못 돼요, 알죠? 부끄러워해야 해요, 무영 양은. 지금 이런 그림자한테 지고 말이야."

구임자는 한쪽 입꼬리만 잔뜩 올린 채 분한 어조로 무영에게 말했다.

무영이의 얼굴이 파르르 떨렸다. 어서 이곳을 벗어나야겠다는 생각이 들었다. 무영은 고개를 들어 작가와 구임자가 일종의 암호를 주고받는 것을 봤다. 구임자는 '이런 건 대본에 없었던 이야기잖아' 라고 날 선 눈으로 작가에게 말하고 있었다. 전문가의 난처한 얼굴을 보며, 아무래도 여기서는 내 그림자를 치료할 수 없겠다고 무영은 생각했다. 그렇다면 더더욱 이곳에 남아 있을 필요는 없었다. 어떻게 하면 더 자극적인 단어로, 어떻게 하면 더 기를 죽여서 자신의 말에 수긍하게 할까 고민하는 사람들 앞에서 한 순간도 더 있고 싶지 않았다.

무영은 무대에서 내려왔다. 그리고 스튜디오 바깥으로 나가 문을 향해 성큼성큼 걸었다. 빛이 보였다. 전국에 내 그림자가 이 모양이라는 것을 알린 판에, 이제 그림자를 숨길 이유가 없었다. 무영은 계속 저벅저벅 걸어나갔다.

그림자는 신난다는 듯 콩콩 뛰며 웃기 시작했다. 그 웃음소리는 여전히 누군가에게는 소름 끼치는, 인상을 찌푸리게 만드는 것이었다. 웃음소리는 점점 무영의 목소리로 변하더니, 이윽고 그림자가 웃는 것인지 무영이 웃는 것인지 알 수 없게 되어버렸다. 무영이 밖으로 완전히 나가서 웃음소리가 아예 들리지 않을 때까지, 스튜디오 안의 누구도 정신을 차리지 못했다.

에필로그

물과 기름과 물인 척하는 기름

다시 일 년이 지났다. 추위에 이빨이 서로 딱딱 부딪치던 긴 겨울이 지나자 곧 꽃이 피고, 햇볕이 뜨겁다가, 낙엽이 아름답다가, 또다시 눈이 내리는 겨울이 됐다. 계절은 어김없이 순서를 지켜 일 년을 빈틈없이 가득 채웠다.

일 년이 지났지만 '섀도우 메이커'는 예능·교양 프로그램 중 시청률 1위를 단 한 번도 놓친 적이 없는, 여전히 건재한 인기 프로그램이었다. 일 년 전에 그랬던 것처럼 여전히 사회 속에 숨어 있는 문제들을 공론장에 던져놓는 역할을 수행하며, 사회에 반향을 일으키곤 했다. 그러면 사람들은 그 문제를 어떻게 해야 하나 다 함께 머리를 맞대어 고민했고, 결국엔 그럴싸한 대책 같은 것을 만들어내곤 했다.

대책이라는 것은 사실 겉만 번지르르할 뿐, '근본적으로' 문제가 해결되는 경우는 거의 없었다. 무영이 출연했을 때 세워졌던 대책과 같이, 대개는 금방 식어버리거나 사라져버리곤 했다. 하지만 사람들에게 그런 움직임은 자신이 살고 있는 사회가 점점 나아지고 있다는 증거였고, 그래서 더욱 포기할 수 없는 것이었다. 사람들은 사회를 위해 열심히 토론하고, 규칙을 만들어냈으며, 그러면서 자신이 사회에 도움을 주는 사람이 되었다는 기쁨을 누리기 위해 그다음 주에도 '섀도우 메이커'가 방송되는 시간이 되면 어김없이 텔레비전을 틀었다.

*

무영이 두 번째로 출연했던 '섀도우 메이커'의 녹화분은 그대로 전량 폐기되었다. 애초에 그림자가 너무 괴상망측하게 생긴 탓에 심의 규정상 '방송 불가' 판정을 받은 데다가, '섀도우 메이커'의 전문가인 구임자가 그림자에 맞서 제대로 대응하지 못한 첫 번째 케이스였기 때문이다. 구임자의 이미지와 프로그램의 존속을 고려해 그날의 녹화분은 전량 폐

기되었지만, 녹화 당시 현장에 있었던 사람들의 입을 통해 그 전설적인 이야기는 끊임없이 전해졌다.

어느 순간 그것은 구전되어 어디까지가 실제 사건이었는지 알 수 없을 만큼 변형되었다. '내가 아는 동생의 친구와 같이 일하는 동료의 친구가 그때 당시 프로그램의 작가 중에 한 명이었는데……'와 같은 긴 서론은 그것을 반증했다. 길어진 서론만큼, 근원 모를 소문들이 파다했다. 사실은 지금도 방송국 어디선가 그 그림자의 소름 끼치는 웃음소리가 들린다는 이야기부터 시작해서, 배우가 너무 되고 싶은 무영이 배우 분장실에 아직까지 숨어 살고 있는 것을 누군가 우연히 발견했다던가, 혹은 녹화 테이프를 다시 틀어봤더니 처음부터 그런 사람은 없었다는 식의 허무맹랑한 이야기들이었다.

여전히 '섀도우 메이커'를 위해 머리를 싸매고 있는 엄 피디와 김 작가는 그 소문들이 사실이 아님을 누구보다 잘 알고 있었다. 하지만 어째서인지, 그들은 소문을 정정할 필요를 느끼지 못했다. 각자 이유가 있었다.

김 작가는 그녀의 프로그램이 좀 더 신비로운 이미지를 갖기를 원했다. 그래서 다른 팀의 막내 작가가 쭈뼛쭈뼛 다가와서는, "저……저희 팀 선배한테 심부름을 받고 왔는데요, 그 소문이 진짜가요?"와 같은 질문을 할 때마다 고개를 갸웃하며, "글쎄? 그럴 수도 있고?" 정도로 대답했다. 그런 애매모호한 태도 때문에 방송국 내의 사람들은 상상의 나래를 무한히 펼치곤 했다. 며칠 뒤에 급기야는 '그날의 주인공이 배우 분장실 어딘가에 숨어 있는데, 사실은 메인 작가가 들키지 않게 걔를 도와주고 있다더라'와 같은 소문이 퍼지기도 했다. 그 소문을 들은 김 작가는 콧방귀를 뀌며, 사람들 참 할 일도 없다며 이야기를 전해준 후배 작가를 타박했다.

한편 엄 피디는 그저 대답하기가 귀찮았다. 누군가는 대신 대답해주겠지, 하는 마음에 일부러 나서지 않았다. 그는 여전히 무표정의 사나이로 연출할 때가 아니면 어떤 이야기에도 크게 감동하거나 슬퍼하는 일 없이, 일직선에 가까운 감정선을 그리고 있었다. 그림자가 출연자와 구임자에게 시비를 거는 동안에도 큰 감정의 동요 없이 '이거 그림 좀 괜찮다'고 생각한 것이 전부였다. 무영의 두 번째 에피소드가 방송 불가 판정을 받았을 때 그는 약간 얼굴을 찌푸렸고, 그게 전부였다. 그의 관심은 여전히 오로지 다음 출연자의 그림자는 어떻게 연출하면 좋을까, 하는 것뿐이었다.

그날 현장에서 있었던 일을 목격한 스태프의 숫자를 모

두 더하면 두 자리 수가 훨씬 넘는데도 불구하고 그런 말도 안 되는 소문들이 여전히 파다했던 것은, 묵묵부답으로 일관한 엄 피디와 김 작가 때문이었다. 그런데도 그들은, 그들 각자만의 이유로 입에 커다란 자물쇠를 채운 채 꿈쩍도 하지 않고 있었다.

*

어김없이 다가온 촬영 날.

여전히 모든 이들은 각자의 자리에서 분주하게 촬영을 준비하고 있었다. 김 작가는 촬영 세 시간 전에 방송국에 도착한 구임자를 보러 출연자 대기실에 가던 중이었다. 한 손에는 수정된 대본을, 또 다른 손에는 대본에 체크를 하기 위한 빨간색 수성 사인펜을 들고서.

똑, 똑. 노크 후에 문을 살포시 열었더니, 구임자가 눈을 크게 뜨고 김 작가와 눈을 맞춰왔다. "어, 자기였구나"하는 짧은 대답 후에 구임자는 다시 거울 속에 비친 자신의 모습으로 고개를 돌린다. 잠시 손을 멈췄던 분장팀 직원들은 손에 퍼프를 낀 채 다시 구임자의 얼굴에 붓으로 열심히 작업하고 있었다. 구임자는 얼굴을 요리조리 일그러뜨리며, 전담 메이크업 아티스트가 더 '고급스럽게' 피부를 표현할 수 있게 도와주고 있었다. 그 뒤에서는 전담 스타일리스트가 협찬받은 옷들을 깔끔하게 정리하고 있었다. 구임자는 그중에 제일 '고급스러운' 옷을 골라 입고 촬영장에 나올 것이다.

"선생님, 오늘 피부에서 빛이 나는 것 같은데요?"

분장실로 들어와 소리 나지 않게 문고리를 돌려 문을 닫은 김 작가가 구임자를 보자마자 말한다.

"어머, 작가님. 나 이제 그런 말 안 속기로 했어. 홍홍." 구임자는 입꼬리를 씰룩거리며 말한다.

"그래, 오늘은 어떤 앤데?"

"오늘도 비슷해요. 별 다른 건 없구, 요즘 자주 나오는 패턴인데. 전에 기억해요? 그림자 살짝 이상했던 애?"

"응. 당연하지, 자기야. 나 그날 일이 아직도 꿈에 나와. 세상에."

구임자가 화장을 받다 말고 김 작가 쪽으로 얼굴을 획 돌리며 말한다.

"이번 애도 그래? 어머 어머, 설마."

"흠, 네. 전처럼 그런 애는 아니고, 머리 쪽에 약간 변형이 있대요."

"어머어어어! 나 그런 애들 너! 무! 싫은데!"

'너무'의 한 음절 한 음절에 무게를 두고 몸서리를 치며 말하는 구임자는 예나 지금이나 변함이 없다. 그래서 더 다루기 쉬운지도 모른다. 김 작가는 구임자를 보고 웃으며, "그래도 요즘엔 그런 애들이 자주 나오니까 실력 발휘하실 수 있죠?"라고 물었고, 구임자는 헛기침을 하더니, "처음에는 그런 애들을 본 적이 없어서 깜짝 놀랐을 뿐이야. 그 후에 봤지? 나 잘하는 거?"하고 대답했다.

무영이 출연한 애프터서비스 특집을 촬영한 뒤, 방송이 되지도 않았는데 어떻게 다들 알게 된 건지 그림자가 변형되었다는 제보가 꽤, 그리고 자주 들어왔다. 다들 그림자를 어떻게 숨기고들 살았는지 의아할 정도였다. 무영을 놓친 것을 못내 아쉬워하던 엄 피디는 그림자가 변형된 케이스의 아이들을 골라 섭외하자고 주장했고, 엄 피디를 이기지 못한 김 작가는 촬영 전 구임자를 따로 불러내 미리 다독여야 했다.

다음번 섭외한 출연자도 그림자가 변형된 사람이라는 말에 질겁하던 구임자의 얼굴을 김 작가는 아직도 기억하고 있었다. 본인의 명성에 누를 끼치는 것은 무엇도 용서할 수 없다는 마음으로, 촬영이 끝나던 날 눈물을 흘리면서 그림자가 변형된 사례에 대해 철저히 공부를 끝마친 구임자였다. 구임자가 칼을 갈고 공부를 한 덕분에 그날 이후의 촬영은 늘 하던 대로, 성공적으로 끝마칠 수 있었다.

그 후로 그림자가 변형되어 나온 사례가 나올 때마다, 번번이 구임자는 그림자와의 싸움으로부터 승리를 거머쥐고, 그림자를 다시 보통의 모양으로 만들어내곤 했다. 구임자는 그런 자신이 자랑스럽고 대견해 어쩔 줄을 몰라 했다.

김 작가는 대본에 그날 구임자가 특별히 강조해서 봐야 할 부분이라든지, 길게 이야기를 해줬으면 좋겠는 부분에 빨간색 수정 사인펜으로 크게 동그라미를 쳤다. 구임자는 그런 작가에게서 시선을 거두고, "아니, 자기야. 오늘은 바이올렛 치크 하고 싶다니까?" 하고 메이크업 아티스트를 노려본다. 아무 생각 없이 붓에 복숭아색 파우더를 묻히던 메이크업 아티스트는 깜짝 놀라 허둥지둥 연보라색 파우더를 찾았다. 구임자는 눈을 한껏 가늘게 뜨고, 그녀를 째려봤다. 그 메이크업 아티스트는 아마 오늘 이후 구임자 전담 메이크업 아티스트라는 이름을 벗게 될 것이었다.

대본 체크를 마친 김 작가는 그 풍경을 가만히 지켜보다가, 속으로 '저 성격은 여전하구나.'라고 생각했지만 겉으로는 구임자를 향해 싱긋 웃으며, "쌤, 이거 한번 체크해주세요! 여기 두고 갈게요!"라고 상냥하게 말했다. 구임자는

"응, 그래, 땡큐." 하며 영혼 없는 인사말을 건넸다. 일 년이 지나도 여전히 바뀐 것 없는, 평범하고 나른하고 지루한 방송국의 풍경이었다.

그 와중에 누군가는 밥벌이를 위해 누군가의 고통을 찾았다. 방송 출연 후 쥐도 새도 모르게 사라져버린 출연자들이 여럿 있었다고는 하지만, 그 누구도 촬영 후에 출연자가 어떻게 되었는지에 대해서는 신경 쓰지 않았다. 사람들이 보고 싶어 하는 것은 그림자가 만들어지는 인간 승리의 성공 신화, 자신이 세상에 도움이 될 수 있다는 생각, 그리고 자신이 사는 세상이 점점 더 살 만한 곳으로 변하고 있다는 믿음. 그것이 전부였다. 방송국 사람들은 그것을 너무도 잘 알고 있었다.

*

'이상한 그림자를 가진 여자.'

무영은 더 이상 사람들의 관심을 끌지 못했다. 비슷한 사례가 속속 나타나면서, 무영에 대한 관심은 낙엽이 지듯 시나브로 추락하고 있었다. 간혹 무영의 얼굴을 떠올리던 누군가는 곧, '어디선가 잘살고 있겠지' 하며 금세 머릿속에서 무영을 깨끗이 지워냈다. 방송국의 사람들도 무영의 안부에 대해서는 궁금해하지 않았다. 그렇게 무영은 모두의 머릿속에서 사라지고 있었다.

일 년이 지난 후로도, 무영은 여전히 어둠 속에서 살고 있었다. 무영의 세상은 온통 까만색이었다. 무영은 그 안에서 그림자와 이야기를 나누며 살았다. 그러다가 어느 날, 예전에 모아뒀던 돈을 바닥까지 싹싹 긁어모아 비싼 마이크와 카메라를 하나 장만했다. 카메라를 책상 위에 올려두고, 마이크에 입을 바짝 대고서는 들릴 듯 말 듯한 작은 목소리로 대본을 읽기 시작했다. 예전에 모아둔 드라마나 영화의 대본이었다.

음질이 좋은 마이크는 무영의 숨소리의 아주 작은 결까지 전달했고, 카메라는 검은색 그림자에 폭 안겨서 열심히 대본을 읽으며 달싹거리는 무영의 입술을 담아냈다. 검은색 배경은 편안한 분위기를 만드는 데 일조하며 제 역할을 톡톡히 해냈다. 녹음을 하면서 무영은 해고당한 남자가 되기도 하고, 사랑에 빠진 여자가 되기도 하고, 손자와 즐거운 시간을 보내는 노인이 되기도 했다.

무영은 영상을 유투브에 업로드했다. 그것은 듣기 좋은 ASMR이 되었다. 무영이 그간 모아온 대본 속 글자들은 무영의 입을 타고 누군가의 귓속으로 흘러들어갔다. 무영은 영상 속에 자신의 시간을 소중히 꾹꾹 눌러 담아내, 세상 한가운데에 가만히 올려두었다. 사람들은 본인들이 듣는 것이 무슨 내용인지 정확히 알 수 없었지만, 뭔가 묵직하게 느껴지는 무게에 기대어 편안한 잠에 빠져들었다.

몇 달 후, 유투브 구독자 수가 육십 명을 조금 넘겼을 무렵, 무영은 더 이상 ASMR을 업로드하지 않았다. 무영의 채널에는 이따금 '왜 더 이상 업로드를 하지 않으시나요?'라는 댓글이 달렸다.

*

"수고하셨습니다!"

밝은 인사로 끝나는 촬영장은 언제나 보람찬 분위기다. 내일부터는 당장 편집하는 피디의 비위 맞추랴, 새 아이템 회의하랴 골머리를 앓겠지만 적어도 오늘만은 다 잊고 내 세상처럼 누려보리라, 그렇게 마음먹게 되는 순간이다.

오늘도 역시, 그림자는 생겼다. 그것도 예쁘게.

그날 이후로 예외를 만들지 않고 열심히 일하는 구임자 덕에, 요즘 '섀도우 메이커'는 제2의 전성기를 누리고 있었다. 구임자는 김 작가에게 찡긋, 웃어 보이고는 촬영장을 누구보다 빠르게 벗어났다. 김 작가는 그런 구임자를 향해 고개를 끄덕거리고 손 인사를 보냈다. 세트장과 소품들을 정리하느라 후배 작가들은 바쁘다. 오늘 게스트로 출연했던 아이돌은 진행자와 인사를 나누고, 인증샷을 찍었다. 김 작가는 그들을 한번 스윽, 훑어보고 엄 피디에게 다가갔다.

"오늘 그림 괜찮았죠?"

"으응."

엄 피디는 귀찮다는 듯 대꾸한다. 김 작가는 그런 엄 피디의 반응을 보고 '오늘 좀 괜찮았구나' 싶어서 흐뭇하다. 사 년을 같이 일했더니, 저런 시큰둥해 보이는 엄 피디의 반응에서도 그의 진심을 읽어낼 수 있게 되었다. 김 작가는 엄 피디에게 자리로 가서 서류를 좀 정리한 후에 회식에 참석하겠다고 말했다. 엄 피디는 여전히 종이 뭉치에 고개를 박고서, 몇 번 끄덕거리고 만다.

세트장 정리는 후배들에게 맡겨두고, 김 작가는 '섀도우메이커' 팀의 파티션으로 돌아와 자신의 자리에 털썩 앉았다. 책상 위에 아무렇게나 널브러진 이번 녹화 아이템과 잡다한 서류들을 이리저리 모아서 소리 나게 탁, 탁 정리하니 이제 좀 사람 책상 같아 보인다. 아, 이번 주는 어떻게 끝나는구나, 하는 생각이 들자 피곤이 한꺼번에 훅 몰려오는 기분이다. 내가 어제 몇 시에 잤더라. 눈이 침침하다. 생각보다 정리가 빨리 끝났는데, 애들이 올 때까지 잠깐만 눈을 좀 붙여볼까, 싶다.

김 작가는 핸드폰을 켜서 작가들이 모여 있는 단체 메시지방에 '나 쫌만 잘게. 세트 정리 다 되면 나 깨워.'라고 남겼고, 금방 숫자들이 사라지더니 각 잡힌 대답들이 돌아온다. 답장을 보고 기지개를 쭉 켜니, 저도 모르게 앓는 소리가 튀어나온다. 그러면 진짜 조금만, 조금만 자볼까.

녹화가 늦어져서 그런지 오늘따라 사무실에 사람이 없다. 널찍한 공간을 혼자 쓰는 것 같아 기분이 묘하다. 김 작가는 더욱 쾌적한 잠을 위해 '섀도우 메이커' 쪽의 형광등만 끄고, 자리로 돌아왔다. 대충 정리가 된 책상에 엎드리니 새삼 이곳이 편안하고 아늑하다. 그리고 점점 정신이 아득해지더니, 깊은 잠으로 빠져들었다.

*

불이 꺼진 '섀도우 메이커' 팀.

잠들어 있는 김 작가.

그리고 그 밑에 스멀스멀 연기처럼 피어오르는 검은 그림자.

빛의 반대 방향으로, 꼭 김 작가의 모양처럼 어두워져있던 그림자가 김 작가가 잠들자마자 반대편으로 쭈욱 크게 기지개를 켜며 일어난다. 후두둑, 후두둑. 단추 같은 것이 풀리는 모양새가 되더니, 왠지 모르게 그림자는 한껏 울퉁불퉁해져 있었다. 이리저리 튀어나와 제멋대로 일그러진 모양으로 머리는 부풀어 잔뜩 커져 있고, 손 쪽엔 이상한 무늬가 가득했다. 그림자는 오랜만에 마음껏 기지개를 켤 수 있어 시원하다는 듯이 팔을 크게 뻗었다. 그것은 이상한 모양이다. 기괴한 모양이다.

그림자가 오랜만에 잠든 김 작가의 발끝을 빙빙 돌며 자유를 만끽하고 있을 때였다.

"선배님!"

하는 소리와 함께 '섀도우 메이커' 팀의 파티션 쪽에 불이 켜지자, 잠깐 자유를 누렸던 김 작가의 그림자는 그 이상한 손으로 제 몸에 달린 단추를 다시 주섬주섬 채우고는 김 작가와 꼭 같은 모양으로 변해 빛의 반대편에 아무것도 모르는 것처럼 숨어 있었다.

김 작가는 엎드린 채로 눈을 슬그머니 뜨고 소품을 이고

오는 후배들을 몽롱한 눈으로 바라본다. 정작 자신의 그림자는 어떻게 생겼는지, 알지도 못하고.

*

고통이라고 해서 모두 성장의 계기가 되는 것은 아니다.

고통은 고통일 뿐이다. 그것은 영원히 고통으로만 남는다.

제11회 이화글빛문학상 심사평

제11회 '이화글빛문학상'에 응모된 총 여섯 편의 장편소설들은 공통적으로 '아프니까 청춘이다' 류의 계몽적 위안에 반기를 드는 청년 세대의 목소리들을 담고 있다. 가장 잘 알고 가장 잘 말할 수 있는 동시대적 주제를 문제 삼고 있기에 일정 수준의 핍진성과 진정성을 담보하고 있다는 장점이 돋보였다. 다만 이를 가족의 죽음이나 부모의 이혼, 연애 심리 등 한정적인 주제를 중심으로 전개하는 데서 오는 협소함은 좀 더 사회적 시각으로 확대할 필요가 있다.

당선작인 『나는 너의 이상한 그림자』는 청년 세대의 존재감을 '그림자'의 유무나 형태로 상징화하면서 정상적인 그림자를 갖는다는 지극히 당연한 일의 지난함을 판타지적인 요소를 도입해 설득력 있게 그리고 있다. 배우가 되고 싶은 여대생의 꿈을 상품화하는 사회나, 그런 꿈의 실체를 자문自問하는 청년 세대의 성찰을 균형 있게 배치하는 성숙함도 돋보인다. 물론 청춘의 고통에 대한 계몽적 시선을 비판하면서도 소설의 결말에서 다시 위로나 위안으로 재귀하는 듯한 한계가 엿보이지만, 텔레비전 프로그램을 중계 방송하는 부분의 묘사도 탁월하고 서사를 장악하는 능력 역시 장편소설에 맞춤하다.

청춘들의 낭만적 목소리만이 아니라 어두운 그림자에도 눈 주게 되고, 그들의 '열정에 대한 열정'과 '포기에 대한 포기'를 인정하게 된다고 하더라도, 혹시나 그마저 그들의 진짜 그림자를 더욱 왜곡시키는 것은 아닐까 두 번 고민하게 만드는 것이 이 소설의 힘이다.

정미경 | 이상문학상 수상 작가, **김미현** | 이화여대 국어국문학전공 교수, 문학평론가

작가의 말

중학교 때, 가요 프로그램에서 1위를 한 아이돌 가수들이 수상 소감을 말하는 것을 보며, 나도 저런 걸 말할 때가 올까 생각했던 적이 있습니다. 저도 그들처럼 한 분씩 이름을 말하고 싶지만, 그러면 앞선 제 글보다 더 길어질 것 같아요. 그저, 늘 사랑만 주시는 부모님과 누구보다 든든한 응원군인 내 두 동생 수연이와 민정이, 그리고 가끔은 쓴소리도 마다 않고 해주는 내 사랑하는 친구들, 더 넓은 세상을 보여주셨던 선생님들, 제 부족한 글 때문에 고생하신 이화여자대학교출판문화원 여러분께 감사 인사를 드리는 것으로 짧게 줄이겠습니다.

누군가 제 기분이 어떠냐고 물어본다면, 남몰래 밤마다 끼적이던 일기가 예쁘게 인쇄되어 나온 기분이라고 대답할 것 같습니다. 비밀 일기를 많은 분들이 보신다고 생각하니 얼굴이 화끈거리고, '내가 무슨 이야기를 썼더라' 하는 생각에 창피함이 앞섭니다. 고통스럽고 힘들던 때에 하소연처럼 줄곧 하던 생각을 쓴 탓에, 너무 글이 감정적이진 않을까, 겁도 납니다.

그렇지만, 스스로를 갉듯 노력하는 중에도, 세상이 그것을 아무것도 아닌 노력이라고 치부하는 바람에 힘들어하는 세상의 모든 무영이들에게, 조금이나마 온기가 전해졌으면 좋겠다는 생각을 하며 용기 내보았습니다. 아직 미로를 헤매는 당신께, 당신의 슬픔을 함께하고 싶다고 말하고, 어깨 한번 토닥토닥 두드려주고 싶습니다. 한 걸음 뒤로 물러선다고 해서 당신의 길이 끝이 난 것이 아님을, 당신의 우울은 당신의 잘못이 아님을 말해주고 싶습니다.

훗날 다시 돌이켜봤을 때 부끄러운 생각을 글로 옮긴 것이 아니게 되기를 기도합니다. 제 그림자는 오늘 이 글을 읽어주신 당신 덕분에 환한 분홍빛으로 물들 수 있을 것 같습니다. 언젠가는 부끄럽지 않은 글을 쓰는 것으로 보답하겠습니다. 감사합니다.

2016년 8월

김지연

나는 너의 이상한 그림자

펴낸날 초판 1쇄 2016년 9월 20일
지은이 김지연
펴낸이 권은미
펴낸곳 이화여자대학교출판문화원
주소 서울특별시 서대문구 이화여대길 52(우 03760)
등록 1954년 7월 6일 제9-61호
전화 02) 3277-2965(편집)
02) 362-6076(마케팅)
팩스 02) 312-4312
전자우편 press@ewha.ac.kr
홈페이지 www.ewhapress.com
책임편집 양지하
디자인 정혜진
찍은곳 현문자현

ISBN 979-11-5890-174-5 03810

값 12,000원

이 도서의 국립중앙도서관 출판예정도서목록(CIP)은 서지정보유통지원시스템 홈페이지(http://seoji.nl.go.kr)와 국가자료공동목록시스템(http://www.nl.go.kr/kolisnet)에서 이용하실 수 있습니다. (CIP제어번호 : CIP2016020132)